Wenn die Frühlingsgefühle zuschlagen

AF282447

Bianca Cuir & André Lederer

Soft-BDSM
Erotikgeschichten

© /Copyright: 2024 Bianca Cuir & André Lederer
    (Lord for Passion Books)

Umschlagdesign & Bild: fiverr.com/ Sumo (design-erbeauty)
Herstellung und Verlag: BoD – Books on Demand, Norderstedt
ISBN: 9783759712714
(André Lederer / Lord for Passion – Books Project)
André Lederer & Bianca Cuir
c/o autorenglück.de
Franz-Mehring-Str. 15
01237 Dresden

E-Mail-Adresse: kontakt@lord4passion.de
Web: www.lord4passion.de
Instagram: lord4passion

Lektorat / Korrektorat: Laura Schneider (& Wortliga)

Auflage 1 / April 2024

INHALTSVERZEICHNIS

VORWORT:

Die in diesem Buch von uns veröffentlichten Geschichten sind über einen Zeitraum von 5 Jahren entstanden. Die Grundgedanken dahinter waren: Zum einen Geschichten im Duett zu schreiben, bei denen jeder von uns beiden jeweils die Sichtweise einer der beiden Protagonisten schreibt. Zum anderen das Thema der ersten sexuellen Erfahrungen in der Kindheit und Jugend aufzugreifen und basierend auf den Erinnerungen das Eintauchen in gewisse Bereiche des BDSM abzuleiten. Zudem greift Bianca in ihrer Bonusgeschichte das Thema der ersten BDSM Erfahrungen im Teenager-Alter auf.

Wir hoffen, mit diesem Buch und den dahinterstehenden Geschichten zum einen eine Art von Buch mit einem Schreibstil geschaffen zu haben, der erfrischend anders ist und den man etwas seltener an-trifft und zum andern auf vom Inhalt nichts Typisches ist.

Wir wünschen allen beim Lesen viel Freude und auch aufkommende Lust.

Teil 1:
Eine Schicksalhafte Begegnung

Endlich kam der Frühling! Es war zwar noch März, doch erstmals stiegen die Temperaturen über die 15 Grad Marke. Ja, es war endlich wieder Zeit etwas leichter gekleidet hinaus zu gehen und dennoch kühl genug um noch Leder zu tragen, fand Beatrice, als sie an diesem sonnigen Nachmittag mit ihrem Hündchen Scooter Gassi ging. Und so hatte sie ihren Ledermini, Nylons und ihre Stiefel angezogen. ... Gassi bedeutete in dem Fall hinauf auf die bewaldeten Hügel am Rande ihrer Kleinstadt. Dort war man einsam genug, um seinen Hund von der Leine zu lassen. Wie immer brauchte es das kleine Fellknäuel, einfach mal etwas herum rennen zu können.

Als sie kurz vor einer Wegkreuzung war, kam plötzlich ein anderer Hund des Weges gerannt. Es kam gelegentlich vor, dass sich auch noch andere mit ihrem Hund hier befanden. Kurz beschnupperten sich die Vierbeiner, taten sich jedoch nichts. Im selben Moment kam das Herrchen des anderen Wau-Wau herbeigeeilt, womit das Schicksal seinen Lauf nahm ...

Beatrice: „He Alex, bist du das? ... Na so ein Zufall!" ... Sie kannte den Typ noch aus ihrer frühen Teenagerzeit. Damals wohnten sie unweit voneinander und hatten oft zusammen gespielt sowie gemeinsam abgehangen. Alex: „Beatrice? Dich gibt's noch? Ist ja lustig, dass wir uns hier begegnen. Mensch ... das sind doch über 15 Jahre ...!"

Ja, er erinnerte sich gut an sie! Sofort waren sie wieder in seinem Gedächtnis, all die Dinge, die sie damals so angestellt hatten. Fahrradrennen, Versteckspiel, campen im Garten, im Indianerzelt, Liebesskat spielen, zocken mit Telespielen und so weiter. Das Einzige, was sich geändert hat, war ihr Kleidungsstil. Doch ihr Aussehen war noch dasselbe. Schon damals fand er, dass sie reichlich Ähnlichkeit mit der Schauspielerin Shannen Doherty hatte. Nicht umsonst sah er einst in den 90ern regelmäßig die angesagte Teenie-Serie aus den USA, in der diese eine der Hauptrollen spielte.

Da sich ihre beiden Vierbeiner zu verstehen schienen, gingen sie gemeinsam weiter. Wie es immer so ist, wenn man sich nach langer Zeit über den Weg läuft, tauschten die beiden erst Neuigkeiten aus, dann begannen sie über die alten Zeiten zu plaudern ...

Beatrice: „Man ich weiß noch genau, als wir damals auf dem Hügel bei eurem Haus herumgeturnt sind und immer diese Mittelalterspiele gemacht haben." Meist war sie die Prinzessin gewesen. Mal die Gute, mal die Böse – je nachdem in welcher Laune sie gerade war.

Alex: „Stimmt, ich erinnere mich!" Er war dabei oft der edle Ritter. ... Oder auch einfach nur der Gefangene! „Und ich erinnere mich auch noch, dass meist einer in den Kerker kam und dann ausgepeitscht! wurde" Er lachte ... Oh ha, das waren schon schräge Spiele, wenn man jetzt so zurückblickt! Aber auch eine coole Zeit – einst Anfang der 1990er, als man noch draußen spielte, in der Natur Abenteuer erlebte und nicht daheim am Handy saß.

Beatrice: „Oh mein Gott ja, jetzt wo du es sagst!! Oft war ich die gemeine Herrscherin, die einen von euch Jungs wollte und ein anderer musste leiden. Doch manchmal war es auch anders und ich das Opfer." Sie erinnerte sich genauer daran, und begann innerlich zu grinsen. „Es war schon damals irgendwie ein besonderes Gefühl, wenn ich diejenige war, die bestraft wurde. Heut macht mich der Gedanke daran sogar irgendwie geil – verrückt oder?!"

Alex: Er traute seinen Ohren nicht, obwohl es ihm ähnlich ging. „Allerdings, das ist verrückt! ... Soll ich dir was verraten: geht mir genauso!" Vor seinem geistigen Auge spielten sich wieder die Szenen von damals ab. Schade, dass wir damals noch zu jung waren,, um unsere ersten aufkommenden sexuellen Gefühle zu deuten und daraus was zu machen – dachte er.

Beatrice: „Echt? Ist ja lustig. Man stelle sich vor, wir könnten heute noch mal in der Zeit zurückgehen! Das wäre interessant! Würde mich mal interessieren, wie es wäre!" Der Gedanke begann langsam, sie in Erregung zu versetzen.

Alex: „Ja, aber heute sind wir älter und reifer. Das ist was anderes, da ist das – denke ich – nicht mehr so aufregend und auch irgendwie anders... Oder?" Er sah sie jetzt gezielt von der Seite an.

Beatrice: Sie blieb stehen. Ihn in die Augen blickend meinte sie: „Willst du damit sagen, für dich wäre es heute nicht mehr aufregend, die Spiele von damals zu spielen?" Mit dieser Frage wollte sie ihn nun herausfordern, denn es interessierte sie wirklich. Was wäre, wenn sie tatsächlich die Möglichkeit hätten in diesem Moment in der Zeit zurückzugehen. In der heutigen Verfassung, mit der jetzigen Erfahrung die Spielchen noch einmal zu erleben. Wie wäre das wohl? Eines wusste sie gewiss, bei diesem Gedanken breitete sich ein Kribbeln in ihrem Bauch aus.

Alex: „Doch sicher schon. Aber dennoch denke ich, es wäre nicht das gleiche, wie wenn man 11, 12 oder 13 ist." So langsam fragte er sich, worauf sie hinaus wollte. Zugleich erinnerte er sich, dass sie schon damals öfters forsch und provozierend war.

Die beiden gingen schweigend ein Stück weiter. Jeder war versunken in seine eigene Gedankenwelt. Einige Minuten vergingen. Plötzlich stoppte sie.

Beatrice: „He, mich interessiert das jetzt! Die Zeit kann man ja leider nicht zurückdrehen und alles noch mal erleben."

Alex: Ich habe gerade keine Lust mich wieder mal „bestrafen" zu lassen, wie sie es damals gelegentlich wollte, wenn sie die böse Herrscherin spielte – dachte er sich. So schwieg er vorläufig.

Beatrice: Sie drehte sich etwas herum, wand ihm halb ihre Rückseite zu, beugte sich ein Stück weit vor, streckte ihren Arsch nach hinten und schlug sich mit der flachen Hand auf den selbigen. Es klatschte als die Handfläche auf den Lederminirock traf.

Alex: Es begann ihn sofort zu erregen! „Ja, okay, du hast recht! Wie gesagt, sicher etwas anders als damals, aber definitiv aufregend!" Er grinste.

Beatrice: Auch sie grinste verschmitzt, warf ihm einen kurzen tiefen Blick zu und ging schweigend ein paar Schritte weiter. Nebenbei nahm sie ihren Scooter an die Leine, welche sie anschließend an einem kleinen Baum festband. Dann suchte sie sich einen dünnen, flexiblen Zweig am Wegesrand. Diesen brach sie ab, wedelte damit kurz in der Luft herum, ging auf Alex zu, drückte ihm den Zweig in die Hand, sah ihm kurz und tief in die Augen. „Heute bist du dran!"

Alex: Perplex stand er da, wusste gar nicht gleich wie er reagieren sollte und fragte sich was das jetzt werden sollte. Er beobachtete seine alte Sandkastenfreundin, wie sie zu einem Baum ging, sich davor stellte, sich weit vor beugte, mit den Händen am Stamm abstützte und abermals ihren Arsch herausstreckte. Irgendwo war das der Stoff seiner Träume, die sich aus den Spielchen damals im Laufe der Zeit entwickelt hatten. Also zögerte er nicht länger, band seinen Hund ebenfalls am nächst geeigneten Baum fest und begab sich zu ihr.

Beatrice: Auch ihre Fantasie begann zu arbeiten. Die Erregung zu steigern. Von wegen, es wäre nicht aufregend – gerade fand sie es aufregender als damals. Heute war es nicht nur ein Kinderspiel, heute hatte es Substanz - definitiv etwas Sexuelles. So griff sie mit einer Hand nach hinten, zog ihren Ledermini hoch und legte ihren Po frei. Schnell noch die Nylonstrumpfhose herab gezogen, blieb nur noch ein sehr schmaler Tanga übrig. „Na los, machen wir es wie damals!", sagte sie und schaute dann wieder nach vorn zum Baumstamm. Bereit eine Bestrafung zu empfangen, sich dem improvisierten Rohrstock hinzugeben.

Alex: Wie damals ... Vor seinem geistigen Auge sah er, wie sie im Versteck hinter ein paar Sträuchern nahe ihrer Baumbude, zwischen zwei kleinen Bäumen stand, die Hände an einen Strick gebunden und mit diesem nach oben gezogen. Er mit einem Stock, an den sie mehrere Stränge aus zusammengeknoteten Küchengummis befestigt hatten. So peitschte er sie gespielt aus. Allerdings hatte sie dabei noch ihre Jogginghosen und das T-Shirt an. Allzu fest waren die Hiebe auch nicht – es war ja nur ein Spiel. Dann erinnerte er sich an eine andere Szene – er über einen kleinen Erdhuckel gelegt und sie diesmal der Folterknecht, mit einer selbst gebastelten Hüftschürze aus einem Stück Kunstleder und mit einer Fliegenklatsche bewaffnet. Was waren sie doch für verrückte Kiddis gewesen! Wenn ihre Eltern dies geahnt hätten ... Jedenfalls war sie nicht so zaghaft gewesen wie er! Bei der Erinnerung und dem Anblick gerade regte sich etwas in seiner Hose. Er trat neben sie, machte ebenfalls ein paar Luftschläge mit dem Zweig, holte dann aus und schlug zu.

Beatrice: „Yes!" Der Hieb traf ihre nackten Pobacken. Von Schmerz jedoch kaum eine Spur, dafür war er viel zu sanft gewesen. Wie damals schlug er meist recht mild. „Komm, ein bisschen mehr kannst du schon zuschlagen. Ich will ja auch etwas merken!" ... Der zweite Hieb kam Augenblicke später. Er war schon besser, aber noch nicht genug. „Na los, schlag fester! Heute ist es kein Kinderspiel mehr!" Der dritte Hieb saß. „Auh!" Ja, so stellte sie es sich vor.

Alex: Die Sache begann gerade erregend zu werden. Er hatte soeben den wahren Reiz daran wiederentdeckt. Zum vierten Mal holte er aus und schlug zu. Der dünne Zweig traf den knackigen, runden, winterlich bleichen Po. Abermals stöhnte sie kurz auf. Hieb Nummer fünf – so langsam hatte er den Dreh raus. Nummer sechs – allmählich begann sie bei jedem Treffer leicht zusammenzuzucken. Nummer sieben – dieser ging etwas tief, fast auf die Oberschenkel. Nicht so gut! Doch Nummer acht traf wieder perfekt. Nummer neun – dieser war noch ein Stück straffer. Er sah, wie sie kurz den Kopf hob, diesen dann wieder senkte. Er hielt einen Augenblick inne, dann setzte er das Ganze mit gleicher Intensität wie beim letzten Schlag fort. Nummer zehn – wieder stöhnte sie kurz auf.

Beatrice: „Warte kurz! ... Das hat echt was, aber irgendwie fehlt der Suppe noch das Salz." Sie rieb sich kurz den Po, streifte dann ihren Rock herunter. „Sag mal, hast du einen Gürtel an deiner Hose?"

Alex: „Soll ich dich jetzt etwa mit dem Gürtel auspeitschen?"

Beatrice: „Nein, das nicht!" Er sah überrascht aus, stellte sie fest, doch zeitgleich begann er den Gürtel aus seiner Hose zu ziehen. Sie wandte ihm wieder den Rücken zu und verschränkte hinter diesem die Arme. „Los bind sie mir mit dem Gürtel zusammen. Spanking ohne gefesselt zu sein ist doch irgendwie nur halb so gut."

Alex: Das steigerte das ganze allerdings, da hatte sie Recht! Und damals machten sie es schließlich oft genauso. Also band er ihre Hände hinter dem Rücken zusammen. „So okay? Fest genug?"

Beatrice: Sie versuchte kurz loszukommen – vergebens. „Ja prima, passt!" Ein Stück weiter jenseits des Waldweges sah sie einen breiten, kniehohen Baumstumpf. Zu diesem ging sie hinüber und kniete sich darauf. Ihren Oberkörper beugte sie nach vorn, während sie den Po herausstreckte.

Alex: Für ihre Knie sah es etwas unbequem aus, aber sonst eine recht geile Position. Er ging zu ihr, bezog wieder halb neben, halb hinter ihr Position. Diesmal bedeckte der weite Ledermini jedoch noch ihren runden Po. Er konnte es sich nicht nehmen lassen, kurz darüber zu streicheln – etwas, dass er bei den Spielchen einst nie getan hatte. Ihr Po fühlte sich geil an, besonders unter dem warmen, weichen, schwarzen Leder.

Beatrice: „Hey, du sollst mich spanken! Und zwar nur spanken, nicht angrabschen!"

Alex: „Sorry, das war einfach zu verlockend!" ... Auf den Boden der Tatsachen zurückgeholt, lies er von ihrem Po ab, griff stattdessen den Rock und schlug diesen wieder hoch auf ihren Rücken. „Bereit?" Als er ihr Nicken sah, holte er sofort aus und schlug mit der gleichen Intensität zu wie bei dem letzten, der vorangegangenen Schläge vor dem Positionswechsel.

Beatrice: Kurz zuckte sie zusammen, dann entspannte sie sich wieder. Auf ihrem Gesicht breitete sich ein leichtes Lächeln aus. Es war wie damals, nur statt eines Kinderspieles war es geil! Es erregte sie, es war schön. Der zwölfte Hieb traf ihren Po. Leichte Schläge auf den Hinterkopf sollen das Denkvermögen erhöhen, sagt man? Na ja ... Fakt war für sie jedenfalls, dass derartige "leichte" Schläge auf den Arsch definitiv die Erregung erhöhte! Schlag Nummer dreizehn traf ihren Po. Warum ist sie Alex erst heute begegnet? Nummer vierzehn. Aber zum Glück hatte sich alles so ergeben, dass sie nun hier etwas erleben durfte, was über all die Jahre in Vergessenheit geraten war ... und was heute besser war den jemals zu vor! Fünfzehn – der Schlag war gut, aber so langsam stieg nicht nur ihre Erregung, sondern auch das Verlangen nach mehr. Mit einem dünnen Zweig gespankt zu werden, glich allenfalls einem sanften Streicheln. Nach weiteren fünf Hieben meinte sie schließlich: „Stopp noch mal kurz!" Sie richtete sich auf. „Sag mal, haben wir nichts Besseres als diesen Zweig? Da hatten wir ja früher besseres Werkzeug!"

Alex: „Allerdings, manchmal schon. Ich schau' mal." Während sie in ihrer Position verharrte, entdeckte er einen Weidenstrauch. Perfekt! Rasch lief er hinüber, brach eine Weidenrute ab und kam zurück. Kurz prüfte er mit ein paar Luftschlägen, welche Intensität passend wäre und kürzte dann die Rute dem entsprechend. Doch bevor er mit dem Spanken fortfuhr, überkam ihm noch eine andere Idee. Er ging zu ihr, packte sie an den gefesselten Armen, zog sie von dem Baumstumpf hinüber zu einem umgefallenen dicken Baum. „Los beuge dich über den Stamm!"

Beatrice: „Gute Idee. Erinnert mich an die Aktion, wo ich dich über 'nen kleinen Erdhügel gelegt und dann gespankt habe!" So legte sie sich grinsend über den Baumstamm. Ihr nackter Arsch lag jetzt wie auf dem Präsentierteller.

Alex: Ohne lang zu fackeln, holte er aus und schlug zu. Die Weidenrute traf den Po präzise. Man konnte sehen, wie sich die Schockwellen über die ganzen Pobacken ausbreiteten.

Beatrice: „Aaahuuu!" Der Hieb hatte gesessen und war um einiges intensiver als mit dem Zweig zuvor. Sie wollte sogleich ihren Po mit der Hand reiben, doch die Fesseln hielten sie davon ab. Klatsch! Schon traf sie der zweite Hieb. Es ziepte. In ihr kam das Verlangen auf, sich den Po mit ihren Händen zu verdecken – das ging aber auch nicht. Sie war den Schlägen schutzlos ausgeliefert. Klatsch! Der dritte Hieb traf. Sie zuckte zusammen. Das war nun doch schon um einiges mehr als bei ihren Spielen früher. Allerdings empfand sie irgendwie immer noch Lust – es war interessant wie auch aufregend, dieses Spiel. Klatsch! Hieb Nummer vier ging auf ihrem Arsch nieder. „Ahhh!", stöhnte sie kurz auf. Trotz dass es an der Grenze dessen war, was sie momentan an Schmerzen aushalten konnte, wollte sie nicht so schnell aufgeben und nach einem Abbruch schreien. Es interessierte sie einfach, wie lang sie es durchhalten könnte, wie es später sein würde und zudem wollte sie diese einmalige Möglichkeit nicht schon nach einer Handvoll Schlägen beenden. Also bis sie die Zähne zusammen. Der fünfte Hieb war wieder etwas heftiger. „A-auuhhh... Bitte nicht ganz so heftig, das tut doch etwas zu arg weh!"

Alex: Er sah wie sie kurz zu ihm blickte, dann aber wieder ihren Kopf senkte und auf weitere Schläge wartete. Ihm gefiel das Spiel – dieser Dame, die er noch als junges Mädchen im Kopf hatte, den nackten Arsch zu versohlen, während sie den selbigen bereitwillig hinhielt – das hatte etwas Obergeiles. Rasch ließ er noch einmal die Weidenrute durch die Luft surren, dann schlug er erneut zu. Wieder schrie sie kurz auf. Ihre Pobacken vibrierten. Ein leichter roter Striemen zeichnete sich ab. Überhaupt begann sich ihr Hintern allmählich zu röten. Der nächste Schlag folgte. Seine Hose spannte unterdessen gehörig, schien kurz vorm platzen zu stehen. Am liebsten würde er sein Ständer herausholen, diesen wichsen und Beatrice auf den Arsch spritzen. Er schlug das nächste Mal zu. Was war dies doch für ein erhabenes Gefühl! Schlag um Schlag kostete er aus. Dabei hätte er sich nie träumen lassen, an so etwas derart viel Freude zu empfinden, geschweige denn jemals überhaupt das Kinderspiel zu wiederholen.

Beatrice: Inzwischen brannte ihr Arsch ganz ordentlich. Jenes Brennen begann das Gefühl von Erregtheit zu übersteigen. Somit war der Genuss an der Grenze des Möglichen angelangt. „Gut, hör erst mal auf!", bettelte sie. Als kein weiterer Schlag kam, versuchte sie von dem Baumstamm zu klettern. „Hilf mir mal bitte hoch!", meinte sie schließlich, da es nicht recht klappte.

Alex: Er ließ die Rute fallen, ging zu ihr und half ihr hoch. „Genug?" Sie nickte. Also löste er den Gürtel, um sie zu befreien. Ihr Hintern sah wirklich etwas gezeichnet aus.

Beatrice: Sie rieb sich ihre Pobacken, bevor sie ihren Minirock herunterzog und diesem über dem Po glatt streifte. „Mannomann, das war zum Schluss doch ganz schön heftig, aber trotzdem aufregend. Ist nur eine Frage des Kopfes! Kommen die Schläge zu schnell nacheinander wird es wirklich schmerzhaft, aber mit ein bisschen zeitlichem Abstand ist es auszuhalten. Ich musste die ganze Zeit an damals denken. Das hatte echt was! Auch wenn ich nun für den Rest des Tages nicht mehr sitzen kann. Hätte nicht gedacht, dass mir so was gefällt – verrückt! Und willst du jetzt auch noch?"

Alex: „Nein, lieber nicht. Ich habe früher genug davon einstecken dürfen. Na ja vielleicht beim nächsten Mal! Hätte aber auch nicht gedacht, dass ich das so erregend finde!"

Beatrice: „Ja, ja, man sieht's!" Sie deutete auf die Beule in seiner Hose. „Egal, gehen wir, es reicht für heute. Aber wir sollten diese Sache mal noch weiter verfolgen! Die Vergangenheit etwas aufarbeiten, meinst du nicht?" Alex: „Ja klar gern, ich bin dabei!"

So gingen die beiden mit ihren Hunden heimwärts, fest entschlossen weitere Erinnerungen ausleben zu wollen.

Teil 2:
Das erregende Wiedersehen

Inzwischen war es Anfang April geworden und ein wenig Zeit vergangen, seit sich Alex und Beatrice beim Gassigehen mit ihren Hunden über den Weg gelaufen waren. Beatrice hatte etwas gebraucht, um die erlebte Aktion zu verarbeiten und einzuordnen. Sie hatte aber oft an die Begegnung zurückgedacht und das meist verbunden mit einiger Erregung! Und in den ersten Stunden nach der Spanking-Aktion auch mit leichtem brennen ihres Hinterns. Trotzdem hatte stets das letzte Fünkchen Mut gefehlt, um sich mit Alex zu einer Fortsetzung des Spiels zu treffen. Nun war sie jedoch so weit, dass sie mehr wollte.

Es war ein sonnig warmer Nachmittag mitten in der Woche und Alex war gerade auf dem Heimweg von der Arbeit, als sein Handy piepte. An der nächsten roten Ampel las er die eingegangene Telegram-Nachricht: >>Hallo Alex, sorry, dass ich mich erst jetzt melde, war 'ne Weile unterwegs gewesen. Nach unserer geilen Aktion neulich im Wald hast du dich für die nächste Runde qualifiziert! Wann passt es dir?<<

Bevor die Ampel auf Grün wechselte, tippte er rasch: >> Geb einfach Bescheid, ich versuche es mir einzurichten! ;-) <<

>> Wie sieht es heute aus bei dir? Komm einfach vorbei!<< lautete die Antwort, die nur Momente auf sich warten ließ.

>>Sorry heute passt es leider nicht. Vielleicht am Freitag Abend?<< tippte er beim weiterfahren. Während dessen arbeitete es in seinem Kopf. Das Ganze

war einfach zu verlockend. Seine Fantasie begann zu arbeiten, lenkte ihn vom Straßenverkehr ab. Wieder piepte das Handy. So hielt er an der nächsten Bushaltestelle und las: >>Schade! Ich habe gerade echt Lust darauf, an der Stelle weiterzumachen, wo wir aufgehört hatten.<< Kurz versank er in Gedanken, dann schrieb er: "Sorry, ich kann heute nicht, hab etwas mit einer Freundin vor.<< Allerdings schickte er diese Nachricht nicht an Beatrice, sondern an seine Trainingspartnerin, mit der er wie jeden zweiten Tag nach Arbeit im Fitnessstudio verabredet war. Gleich darauf antwortete er Beatrice: >>Okay, bin in 20 Minuten da! << Gerade wollte er losfahren, da piepte es abermals. >> Schlüssel liegt unter dem Fußabstreicher, komm einfach rein! << Er war verblüfft und machte sich direkt auf den Weg.

Keine halbe Stunde später parkte er vor dem Mietshaus, in dem seine alte Sandkastenfreundin inzwischen wohnte. Er ging hinauf, suchte die Tür mit dem passenden Namensschild, holte den Schlüssel unter dem Fußabstreicher hervor, schloss vorsichtig auf und trat ein. Gleich hinter der Tür links der erste Raum war das Schlafzimmer. In ihm war nichts außer einer Schrankwand und einem großen Bett, auf welches die durchs Fenster scheinende warme Frühjahrssonne fiel. In jenem Sonnenlicht lag Beatrice. Sie lag auf dem Bauch, hatte ein ärmelloses T-Shirt an und wieder einen nicht ganz knielangen dunkelbraunen Lederrock. Sie wackelte leicht mit dem Hintern – schien ihren Lusthügel am Laken zu reiben.

Alex: „Hi, da bin ich! Wie läuft's?" Er betrachtete sie und sofort erregte ihn dieser Anblick.

Beatrice: „Weißt du wie geil es ist so hier zu liegen? Die Sonne scheint einem auf den Arsch, das Leder heizt sich auf, fühlt sich einfach heiß an auf der Haut. Na ja und die Position tut das Übrige. Tja das bringt die Fantasie in Fahrt. ... Hey – echt cool, dass es bei dir so spontan gepasst hat!"

Alex: Er setzte sich neben sie aufs Bett, konnte der Versuchung einfach nicht wieder stehen, ihren Po anzufassen. Sachte strich er mit der flachen Hand darüber. Das Leder des Rockes war echt warm von der darauf scheinenden Sonne. Der Po fühlte sich fest, rund und auf diese Weise einfach knackig an.

Beatrice: Für einen Augenblick gab sie sich dem Gefühl hin, genoss es, doch dann rief sie sich wieder ins Bewusstsein, was sie eigentlich wollte. „Nicht angrabschen! Hab ich dir das letzte Mal schon gesagt", erinnerte sie ihn. „Ich hab mich nur so hingelegt, um schon mal ein wenig warmzuwerden, bis du da bist."

Alex: Anstatt jetzt eingeschüchtert die Hand von ihrem Po zu nehmen – inzwischen hatte er ein wenig das Gefühl dafür, wie sie tickte – holte er aus und schlug ihr mit der flachen Hand auf den Hintern. Es klatschte laut, als die Hand das Leder traf. Zugleich fühlte es sich einfach grandios an. Das wollte er schon beim letzten Mal tun, hatte sich jedoch Anstands-gebührend zurückgehalten.

Beatrice: Erschrocken zuckte sie zusammen. Das hatte sie jetzt nicht erwartet! Noch nicht jedenfalls. Zugleich war das Unerwartete auch wie ein kleiner Kick. Weh getan hatte es keines Wegs. „He ...!", rief sie dennoch. Wusste aber für einen Moment nicht, was sie dem hinzufügen sollte. So lächelte sie schließlich. „... Genau das ist es, was ich will! Das war schon mal ein guter Anfang." Kurz überlegte sie, was sie nun anstellen könnten – wie sie ein interessantes Spanking-Spielchen inszenieren könnten. Wenn sie an Spanking dachte, dachte sie automatisch auch ans >übers Knie legen<, etwas, was sie

gern probieren wollte. So entschied sie kurzentschlossen: „Los, ich will von dir übers Knie gelegt werden!"
Alex: „Diesen Wunsch erfülle ich dir gern! Gleich hier?"
Prompt fing sich in seiner Hose etwas zu regen an. Na, das kann ja interessant werden, dachte er sich!

Beatrice: „Nein, lass uns nach nebenan gehen." In ihrem Kopf hatte sie schon eine recht genaue Vorstellung davon, wie es nun ablaufen könnte. Der Gedanke machte sie ganz kribbelig.

Im Nachbarraum angekommen – es war der Wohnraum mit Küche von ihrer kleinen Zweiraumwohnung – nahm sie einen Stuhl vom Esstisch und stellte diesen in die Mitte des Raumes, genau auf den Fleck, wo die warme Frühlingssonne hereinschien. Den zusätzlichen Reiz, die Sonne nebenbei auf den Arsch scheinen zu haben, wie eben, wollte sie weiterhin genießen. „Setz Dich!", sagte sie zu Alex, ging dann zur Stereoanlage und schaltete diese ein. „Wir wollen ja, nicht, dass man hört, was wir machen!" verkündete sie, während sie eine CD von Scooter einlegte. Das war Musik aus ihrer Teenagerzeit. Und die Gruppe machte immer noch gute Musik, auf die sie stand.

Alex saß gespannt auf dem Stuhl, als sie mit schwingenden Hüften heran geschlendert kam und dabei meinte: „Ich war ein böses Mädchen! Ich verdiene es heute den Po versohlt zu bekommen!"

Er: „Genauso ist es! Komm her und beuge Dich über meine Knie. Jetzt bekommst Du die Bestrafung, die Du verdienst!" In ihm brodelte es unterdessen vor Erregung, denn sie sah echt heiß aus – kein Vergleich zu früher! Beinah in Zeitlupe ging sie neben ihm stehend in die Knie, beugte sich über ihn und legte sich auf seine Oberschenkel, wobei sie sich mit den Händen am Fußboden abstützte. Der Anblick der hübschen jungen Frau, welche er noch aus seiner Jugend kannte, aber seit her nur das eine Mal im Wald gesehen hatte, vor sich auf den Knien liegend, war schon irre aufregend! Das braune Leder ihres Rockes glänzte in der Sonne, während es weich über ihren Po lag. ... Soll ich sie gleich so spanken oder diesen vorher hochschieben, fragte er sich. Da kam ihm die Erinnerung an das erregende Gefühl von eben, als er ihr diesen Klaps gab. Mit Rock – zumindest fürs erste – entschied er sich.

Beatrice: Es war schon ein wenig verrückt, was sie hier tat, doch zugleich sehr aufregend ... und anregend. Wieder spürte sie das warme Sonnenlicht auf ihren Hintern scheinen, während sie so auf ihm lag – so, dass ihr Venushügel gegen seine Oberschenkel drückte. Es machte sie total an. Nun wartete sie gespannt, was er tat, ordnete vorab ihre Gedanken – sie wollte es genießen, dieses Aufregende, Neue, Spezielle.

Alex: Er holte aus und schlug zu. Seine flache Hand klatschte laut auf ihren Po. Wow, das fühlte sich klasse an. Sofort war ihm klar, was viele am Spanken fanden. Die Sache an sich hatte was, definitiv! Doch dies war eine Frage der Einstellung – reine Kopfsache. Aber das Gefühl, wenn man mit der Hand auf einen knackigen runden Frauenpo haute... das war physisch. Man konnte es fühlen. Und es hatte tatsächlich einen ungemeinen Reiz!

Beatrice: Sie stöhnte leicht auf, als die Hand ihren Po traf. Es tat nicht weh – keine Spur. Es war eher vor Erregung. Sie hatte einfach das Bedürfnis zu stöhnen. Auch für sie war es ein aufregendes, neues Gefühl. Einen Moment später traf sie der zweite Schlag. Wieder klatschte die Hand auf ihren Rock. Das Leder fing einiges ab. Sie spürte den Schlag, jedoch keinen Schmerz. Zugleich fühlte es sich besonders erregend an, durch dieses Material. Der dritte Schlag war ein wenig fester. Oh ja das war gut. Sie mochte es ja ohnehin beim Sex hin und wieder ein paar Klapse zu bekommen. Dies hier war zwar ähnlich, aber doch etwas ganz Anderes. Der vierte Schlag – jetzt mal auf die andere Pobacke. „Ja, verhau mich! Ich war ungezogen! Spank mich!" Laut klatschte der fünfte Schlag. „Oh ja, das ist geil. Komm, schlag fester, gib es mir!" Prompt klatschte seine Hand nun richtig hart auf ihren Po. „Auuuaaa!" Ja, das hatte was, jetzt spürte sie es wirklich. Einen leichten aber dennoch anregenden Schmerz, der ihr zeigte, dass sie gespankt und nicht nur gestreichelt wurde. Genau das war es, was sie wollte. KLATSCH! „...Ahhh!" Der nächste Treffer saß auch wieder.

Alex: Oh ja, das machte Spaß ... und ihn höllisch geil. Ob sie den Ständer in seiner Hose schon bemerkt hatte, fragte er sich? Nachdem er das erste Dutzend an Schlägen voll hatte, legte er eine kleine Pause ein. Er betrachtete sie wieder, wie sie auf ihm lag. Trotz dass sie sich von früher kannten, war es beinahe so als hätte er eine Fremde junge Frau auf den Beinen liegen. Ihr knackiger runder Po ragte quasi hoch in die Luft, als wenn sie ihm diesen extra noch etwas mehr entgegenstreckte. Er streichelte darüber, ertastete die Backen durch das Leder, knetete sie kurz ein wenig, rieb mit dem Rock auf ihrem Po herum. Er fühlte wie sie ihre Pomuskeln abwechselnd anspannte, um ihm einen festen Arsch zu bieten und locker ließ, um es selbst zu genießen, zwischendurch kurz gestreichelt zu werden. Schließlich schlug er erneut zu. Richtig fest!

Beatrice: „Ahhh!!" Sie zuckte zusammen. Dieses Mal hatte sie nicht damit gerechnet. Und ehe sie sich versah,

traf auch schon der nächste feste Schlag die andere Pobacke. Dann streichelte er wieder für einen Moment ihren Po. Diese Streichelpausen hatten auch etwas. Es war
mindestens genauso erregend wie er ihren Arsch knetete, seine Hand sachte über den Lederrock gleiten ließ.
Dazu die Musik in den Ohren ... Sie wackelte leicht mit
dem Becken hin und her, rieb somit ihre Pussy an seinen
Schenkeln. Gleichzeitig spürte sie den harten Inhalt seiner Hose. Dabei grinste sie innerlich vor sich hin. Gut zu
wissen, dass es ihm auch Spaß machte!

Die folgenden Schläge waren allesamt wieder recht
fest, taten ein wenig weh, aber waren genau richtig. Der
Rock hielt erstaunlich viel ab – so viel, um das ganze
wirklich genießen zu können. Genau das dachte sich
auch Alex mit der Zeit und konnte der Versuchung, ihren
nackten Hintern zu spanken, nicht länger widerstehen.
Zwar mochte er den Rock wie auch das Gefühl auf
den leder-bedeckten Po zu hauen, doch es reizte
ihn Beatrice nun auch noch den nackten Hintern zu versohlen. Also schob er den Rock langsam hoch.

Beatrice: sie stutzte – wollte sie das? Der Rock
dämpfte die Schläge, er fühlte sich zudem recht geil an.
Aber primär bedeckte er ihren Arsch, hatte etwas von
einer Schutzhülle. War sie bereits so weit, ihm ihren Hintern derart zu präsentieren? Zwar hatte sie auch schon
beim letzten Male ihren Rock hochgezogen, doch da
hatte er sie nicht mit der Hand gespankt. Erst wollte sie
Einspruch erheben, hielt dann aber doch inne. Die Neugier gewann.

Alex: Zentimeter für Zentimeter legte er ihren Po frei.
Dieser war schön! Fast zu schön um darauf rum zu
hauen ...oder gerade doch deswegen? Kurz streichelte
er wieder die runden, wohlgeformten Arschbacken.

Dann holte er aus... Diesmal schlug er aber nicht fest zu. Nur ein Klaps – erst einmal heran tasten.

Beatrice: „Na, ein bisschen mehr kannst du schon. Nur nicht gleich ganz so fest wie vorhin." Dementsprechend war der nächste Schlag auch. „Autsch!" So war es schon besser, aber mehr musste es eigentlich nicht sein, dachte sie, als es im nächsten Moment laut klatschte – fast so laut wie zuvor mit Rock. „Ahh!! Aua, verdammt ..." Der Schlag hatte gesessen. Ihr Po bebte regelrecht. „He, nicht ganz so doll!", protestierte sie sofort.

Alex: In der Tat, das machte fast noch mehr Spaß als zuvor. Zwar fehlte das Lust steigernde Gefühl des Leders unter seiner Hand, doch dies wurde vom Anblick ihres nackten Hinterns, wie vor allem auch von ihrer Reaktion, wettgemacht.

Jetzt hielt er mit seinem linken Arm ihren Oberkörper fest, drückte ihn herunter, sodass sie nicht wegkonnte. Nun mal sehen wie weit er gehen konnte, dachte er sich. So fest wie beim letzten Mal schlug er erneut zu. Abermals zuckte sie zusammen, stöhnte auf. Der nächste Schlag folgte sogleich. Inzwischen ließ er nicht mehr so lange Pausen zwischen jedem Schlag. Es klatschte in einer Tour.

Beatrice: „Auahh Ahh, hilfe, das tut jetzt aber echt weh! Ahhh, Ahhh.... Bitte!!.." Klatsch, klatsch ... immer wieder sauste die Hand auf den nackten Po. Die Backen erzitterten jedes Mal. Sie wand sich herum. Strampelte teilweise mit den Beinen, spannte Muskeln an, versuchte sich wieder zu entspannen oder aufzustehen. Er hielt sie jedoch fest, drückte sie weiterhin herunter. Die Schläge kamen jetzt in schnellerer Folge als zuvor, regelrecht hinter einander weg. Es war inzwischen kein gemütliches, genüssliches Spanken mehr – nein – er versohlte ihr regelrecht den Hintern!

Beatrice: Sie stöhnte, zappelte, jammerte schon fast. Zwar war es irgendwie geil, aber langsam auch zu viel. Ihr Po brannte bereits. So begann sie zu betteln und zu flehen, um ihn zu stoppen. Schließlich half es. Erleichtert atmete sie durch, ließ ihren Kopf hängen.

Alex: Ihr süßer Po rötete sich bereits. Leicht amüsiert betrachtete er ihn. Zum Anbeißen, wie ein Apfel! Sachte streichelte er ihn, ließ seine Hand sanft über ihre Backe gleiten. Was für ein erregendes Spielchen. Du kleines geiles Luder ... dachte er sich, während aus seinem Glied mehr und mehr ein schöner Ständer wurde. Wie gern würde er sie jetzt gleich noch anders "bestrafen". Ein kleiner Fick, das wäre es jetzt! Dieses böse Mädchen hatte es ohnehin verdient, nachdem sie ihn durch dieses Spanking-Spiel derart scharf gemacht hatte. ... Immer weiter streichelte er ihren Po, jedoch zunehmend leidenschaftlicher. Seine Hand massierte den leicht glühenden Arsch. Erst wirklich nur die Backen, dann glitt seine Handkante immer wieder durch ihre Spalte. Irgendwann auch sein Daumen, wobei er forschend nach ihrer Rosette tastete, um dann auf diese leichten Druck auszuüben. Das ganze brachte ihn selbst innerlich zum Kochen. Man war er jetzt in Fahrt und hatte gewaltige Lust auf mehr bekommen.

Beatrice: Etwas irritiert, hielt sie vorerst still. Sie war überrascht – was sollte das jetzt werden? Das Streicheln als Spankingpause hatte sie genossen, die Massage auch noch, doch was hatte er jetzt vor? Er wollte doch wohl nicht etwa damit beginnen, ihren Arsch zu fingern?! Sie fühlte, wie er mit dem Daumen erst immer wieder durch ihre Po-Spalte glitt, dabei beiläufig über ihr Hintertürchen strich. Dann dieses umkreiste und schließlich sanft dagegen drückte. Es fühlte sich zwar interessant, ja sogar ausgesprochen gut an, doch dies ging ihr nun doch zu weit! Auch wenn sie den forschen Vorstoß begrüßte. Immerhin war es quasi ihr erstes Date ... oder wie auch immer man das nennen wollte.

Sie blickte über ihre Schulter zu ihm. „Okay, reicht erst einmal! Lässt du mich mal aufstehen?"

Alex: Im ersten Moment tat er gar nicht der gleichen. Dann meinte er: „Was, echt jetzt?"

Beatrice: „Ja bitte!"

Alex: „Schade!" Aber was sollte er machen... Er lehnte sich zurück und ließ das hübsche Fräulein von seinen Schenkeln steigen.

Beatrice: Erleichtert rieb sie sich den Po, bevor sie ihren Rock darüber zog. Sie streifte ihn glatt, rieb dann abermals ihre Arschbacken. „War schon eine geile, wenn auch heftige Aktion" ,verkündete sie. „Aber wir müssen ja nicht gleich übertreiben!" Nach einer kurzen Pause fuhr sie fort: „Steh mal auf."

Er tat, was sie wollte, woraufhin sie seinen Platz auf dem Stuhl einnahm. „...Und jetzt will ich auch mal sehen, wie das ist der aktive Part zu sein! Früher war ich das zwar meistens, aber das ist lang her, ich erinnere mich kaum daran. Mal sehen, ob das auch so geil ist...?!"

Alex: Überrascht, etwas ungläubig, ja fast schon leicht schockiert sah er sie an. Nun sollte er sich von ihr spanken lassen? Gut, an sich bestimmt nicht uninteressant, dennoch war er jetzt nicht wirklich so scharf darauf, geschweige denn bereit dazu.

Beatrice: „Na los! Nicht herumstehen und blöd aus der Wäsche gucken ... Hose runter!!" Sie streifte den Lederrock über ihren Oberschenkel glatt und klatschte dann ein paarmal mit den Handflächen darauf, um ihm anzudeuten, was er tun sollte.

Alex: Zögernd begann er zu gehorchen. Er öffnete langsam den Gürtel, den Knopf, den Reißverschluss... Sie blickte ihn erwartungsvoll mit ihren großen, hübschen Augen an, war kurz davor ihm zu signalisieren, er solle mal bisschen Tempo machen. Gebremst von etwas Scheu zog er im Zeitlupentempo seine Jeans bis in die Kniekehlen herunter.

Beatrice: Grinsend meinte sie: „So ist es brav! Und jetzt schön herkommen und über Muttis Schoß legen! Hopp hopp!!"

Alex: Er betrachtete sie, blickte auf ihren Schoß. Das Leder ihres Rockes glänzte leicht im Sonnenlicht. Es weckte bei ihm den Gedanken an einen Strafbock, über welchen er sich legen sollte. In seiner Magengegend begann es zu kribbeln. Zwar hatte er als Kind mal von seiner Mutter den Hintern versohlt bekommen und hegte auch keine lustvollen Erinnerungen daran, doch dies war mit Sicherheit etwas ganz Anderes. Eine neue Erfahrung, auch nicht mit den Spielchen, die sie früher trieben, zu vergleichen. So legte er sich schließlich über ihren Schoß, wie sie zuvor über seinen. Es war ein interessantes Gefühl durch ihren Lederrock.

Beatrice: Einen Typen übers Knie gelegt hatte sie auch noch nicht, aber es machte sie an. Seinen Po vor sich auf dem Schoß kribbelte es ihr schon in den Fingern. Ihr eigener Po brannte noch, doch gleich würde es ihm genauso gehen. Gleich konnte sie sich revanchieren. Ein ganz klein wenig Scheu hatte sie auch noch zu überwinden. Aber jetzt zu zögern, würde die Situation nur komischer gestalten. Also holte sie aus und gab ihm einen ersten Klaps. Dieser war noch leicht – sie machte es wie er, tastete sich langsam heran. He, das hatte was! Bemerkte sie sofort. Augenblicklich gab sie ihm den nächsten Klaps, der schon um einiges stärker war, beinahe schon ein Klitsch. Es sah geil aus, wie seine Pobacken erzitterten. Dazu das Klatschen, bei dem sie gleich wieder an die Schläge dachte, welche sie bekommen hatte. Es waren erregende Gedanken!

Alex: Weh taten diese Klapse, die sich langsam zu handfesten Schlägen entwickelten, noch nicht. Es ziepte zwar ein wenig, war aber in der Tat erregend. Um einiges mehr jedoch, war es das Gefühl, über diesen Leder bespannten Beinen dieser jungen, hübschen Dame und alten Sandkastenfreundin zu liegen. Es war wirklich super aufregend, mehr noch als damals! Jeder Schlag steigerte dieses Gefühl bei ihm noch weiter.

Beatrice: Inzwischen spankte sie ihn ganz ordentlich. Das Gefühl von Macht, das Gefühl eine Domina zu sein, stieg in ihr auf. Dies genießend ließ sie ihre Hand wieder und wieder auf seinen nackten Hintern sausen. Zwischendurch begann sie, seine Backen zu streicheln. Auch dies fand sie zuvor besonders schön. Ob es ihm wohl ebenso gefiel, fragte sie sich. Allmählich begann er zumindest immer mal zu stöhnen. Außerdem konnte sie seine Erregung an ihren Beinen spüren. Am liebsten würde sie ihm jetzt richtig derb den Arsch versohlen – so heftig sie konnte. Egal, wie sehr er auch schreien und zappeln würde. Genau danach stand es ihr gerade. Doch dies traute sie sich momentan dann doch nicht. Was sie sich aber schon traute war dasselbe Spiel, welches er zuvor mit ihr gemacht hatte. Beim Streicheln strich sie mit ihrer Hand durch seine Po-Spalte. Ihre Finger glitten über seine Rosette.

Alex: Er traute den Signalen nicht, die seine Nervenzellen sendeten. Machte sie es ihm wirklich nach? Was hatte sie vor? Dasselbe was auch er vorgehabt hatte? Wie weit würde sie gehen wollen und wie weit würde er es zulassen? Immer wieder strichen ihre Fingerspitzen über sein Poloch, bevor eine neue Salve von Schlägen kurzzeitig für Abwechslung sorgte. Schließlich fühlte er wie seine Pobacken auseinander gezogen wurden, dann wurde es feucht an seiner Rosette.

Beatrice: Mit beiden Händen zog sie seine Backen auseinander und ließ ein Tropfen Spucke auf sein Arschloch fallen. Sie traf fast perfekt. Sogleich begann sie, die Spucke mit den Fingern zu verreiben. Würde er jetzt auch die Notbremse ziehen, fragte sie sich. Sie wollte es darauf anlegen, herausfinden, wie weit sie gehen konnte! Oh ja, das Ganze war mittlerer weile tausendmal aufregender als die kindischen Spielchen von einst. Das Folgende wollte sie eigentlich schon immer mal tun – hatte sie doch bereits einiges darüber gelesen – aber bislang hatte sie nicht mal ansatzweise die Gelegenheit dazu gehabt, geschweige denn es sich getraut. Nach einer erneuten Runde von zehn Schlägen auf seinen Arsch steckte sie sich einen Finger in ihren Mund. Diesen gut befeuchtet schritt sie mit fühlbar erhöhtem Puls zur Tat. Während die Finger der einen Hand seine Pobacken spreizten, suchte der andere den Mittelpunkt seiner Rosette, um darin einzutauchen.

Alex: Er hielt die Luft an. Wurde er da eben wirklich vom Finger seiner alten Sandkastenfreundin anal entjungfert? Er konnte es nicht glauben. Sie schob ihm tatsächlich den Zeigefinger bis zum Anschlag in den Arsch. Zwar kniff er diesen im ersten Moment reflexartig zusammen, doch sofort bekam er einen heftigen Schlag von ihrer anderen Hand zu spüren. „Ahhh! Shit!" schrie er auf und entspannte sich wieder. „Oh Hilfe, was machst du?!", stöhnte er hervor. Es tat nicht weh, im Gegenteil, es war ein äußerst gutes Gefühl, welches ihn prompt extra scharfzumachen begann. Einfach unglaublich, was da eben geschah!

Beatrice: Noch nie hatte sie irgendjemanden den Finger in den Hintern gesteckt. Zwar hatte sie schon mal in einem Buch davon gelesen, doch praktisch war dies eine Primäre. Es war eng, sehr warm und fühlte sich interessant an. Doch weitaus interessanter, um nicht zu sagen erregender, war es, seine Reaktion zu sehen. Nun hatte sie die vollkommene Macht über ihn – so schien es ihr zumindest. Zugleich spürte sie an ihren Beinen, dass sich sein Schwanz augenblicklich versteinerte. Sie grinste.

Alex: Er wusste nicht, ob es ihm peinlich sein sollte oder ob er ihr zeigen sollte, wie höllisch erregt er war. Geil war es definitiv, wie sie ihn mit einer Hand fingerte, mit der anderen leicht weiter spankte. Das einzige was etwas unangenehm war, war auf seinem harten Schwanz zu liegen. Ob sie diesen schon bemerkt hatte? Vermutlich! Aber egal, sie hatte damit angefangen und würde damit leben müssen, dass er vielleicht bald kam, falls sie so weiter machte. Die Sache war der Wahnsinn. Gedanklich sprang er zwischen der Gegenwart und der Vergangenheit hin und her. Dachte daran, wie er einst auf einem Fetzen Kunstleder lag, den sie über einen Erdhuckel gelegt hatte und von ihr mit einer Fliegenklatsche ausgepeitscht wurde. Sogar die Erinnerung an den Geruch des Materials wurde wieder lebendig! Wie wäre es wohl einst gewesen, wenn sie da schon so weit gegangen wäre wie heute. Bestimmt noch aufregender. Aber nein, damals waren sie einfach noch zu jung gewesen, hatten ganz anderes im Kopf. Aber es war auch so höllisch aufregend gewesen.

Sie bewegte noch immer ihren Finger in seinem engen, jungfräulichen Anus hin und her. Und noch immer klatschte im Takt dazu ihre andere Hand auf seine Pobacken. Allmählich machte er es wie sie zuvor – rieb sich quasi auf ihrem Schoß hin und her.

Beatrice: Die ganze Sache, die sie hier abzogen, war schon verrückt! Verrückter noch als damals! Aber noch verrückter war es, wie sehr sie all das anmachte. Sie hatte prompt Lust, das Spiel noch weiter zu treiben – viel weiter!! Aber momentan ging das nicht. Sie hatte nicht die Möglichkeiten dazu. Also beschloss sie das Ganze erst einmal abzubrechen. Sie war so heiß, dass sie es sich selbst machen wollte, sowie er zur Tür hinaus war. Dann würde sie sich darum kümmern, beim nächsten Mal das Spiel um einiges besser aufzuziehen und entsprechend zu vollenden. So zog sie ihren Finger aus seiner engen, warmen Rosette, gab ihm noch ein paar Klapse und meinte schließlich: „Mehr dann beim nächsten Mal!"

Alex: „Was, das war's? Du hörst auf? ... Gut, mein Arsch brennt inzwischen auch, aber ich hätte es gern noch etwas länger genossen!"

Beatrice: „Wie gesagt, beim nächsten Mal! Kannst' erst mal wieder von mir steigen. Ich werde sonst zu geil, wenn ich jetzt weiter mache. Und dann?"

Alex: „Na ja, dann machen wir eben..." So richtig wusste er dann aber doch keine Antwort. Über seine Schultern blickte er sie an. Dann zuckte er mit den Achseln und stieg von ihr. Sein Schwanz stand noch halb. Auf ihrem Rock war ein feuchter Fleck von seinem Lusttropfen. Etwas enttäuscht zog er seine Hose an, während sie aufstand.

Beatrice: Aus dem Tiefkühlfach holte sie eine Flasche Wodka, goss beiden ein Schnapsglas voll ein. „Nimm es nicht so tragisch. Heute war einfach eine spontane Sache. Aber die angemessen zu Ende zu führen – das passt nicht. ... War zwar geil, aber bissel unüberlegt und überstürzt. Wir gehen das demnächst noch mal richtig an, versprochen. So wie einst, aber mit Happy End für Erwachsene!" Lachend erhob sie ihr Glas.

Alex: Er stieß mit ihr an. Wenn er es sich recht überlegte, hatte sie recht. So nahm er nach dem Drink seine Sachen und machte sich auf den Heimweg. Dort angekommen, würde er sich erst mal einen runterholen müssen. Zugleich nahm er sich vor, ihr diese unvollendete Nummer beim nächsten Mal heimzuzahlen. Er würde sich etwas ganz Besonderes einfallen lassen!

Beatrice: Sie ging zurück ins Bett, legte sich wieder auf den Bauch in die Sonne, ließ sich diese auf ihren geschundenen Po scheinen und machte es sich ebenfalls selbst. In Gedanken war sie bereits dabei über zukünftige Treffen zu sinnieren, machte sich eine Liste mit all den Dingen, die sie dafür plante.

Teil 3:
Die spontane Outdoor Session

Der letzte Tag des Aprils prahlte mit Sonne satt und machte somit dem Wochentag alle Ehre. Aufgrund des verlängerten Wochenendes hatte Alex diesmal die Initiative ergriffen und Beatrice zu einem kleinen, spontanen Outdoor Abenteuer eingeladen. Ihm schwebte etwas in der Richtung ihres ersten Treffens vor, auch wenn er dabei konkrete Vorstellungen hatte, wie es diesmal deutlich weiter gehen könnte als beim letzten Treffen.

Mit seiner B-Klasse holte er sie ab. Da es in ihrer, recht dicht besiedelten näheren Umgebung schwierig war, ein Outdoor-Plätzchen zu finden, an dem sie wirklich ungestört sein würden, hatte er mittels intensiver Google-Earth-Recherche etwas im nördlichen Nachbarbundesland herausgesucht. In den großen, weitläufigen Kiefernwäldern der Niederlausitzer Heidelandschaft standen die Chancen gut, selbst an einem warmen Sonntagnachmittag irgendwo ungestört zu sein.

Das Auto am Waldrand geparkt, gingen sie eine halbe Stunde, bis zu einem Wäldchen auf einem leichten Hügel, umgeben von offener Heidelandschaft. Hier waren sie zum einen durch Bäume und Sträucher geschützt, zum anderen hatten sie freien Blick auf die Umgebung. Sollte sich jemand nähern, würden sie es früh genug erkennen, um nicht überrascht zu werden. Im Vorfeld hatten sie geklärt, dass heute Alex komplett die Führung übernimmt. Am Ende ihres letzten Treffens hatte sie den dominanten Part innegehabt, für den wollte er sich heute revanchieren ... und für früher ebenso! Beatrice hingegen mochte heute einmal passiv bleiben, sich ganz in eine devote Rolle ergeben, sich fallen und führen lassen. Dementsprechend hatte sie sich gekleidet. Eine enge weiße Bluse, einen kurzen, rot karierten Faltenrock, Kniestrümpfe, Sneakers.

Alex: auch er hatte heute ein adäquates Gewand angelegt. Unter seiner schwarzen Lederjacke trug er ein schickes langärmliges weißes Hemd, dazu eng sitzende schwarze Lederhosen und schicke Herrenschuhe. So wirkte er sehr elegant, wie auch dominant. Den mitgebrachten Rucksack an einen Baum gestellt, holte er zwei Piccolo-Sekt heraus. Diese geöffnet, stießen die beiden an. „Auf das nächste Abenteuer!", sagte er schmunzelnd. Während Beatrice noch trank, holte er zwei Seile hervor. Zwei Kiefern, die etwa zwei Meter auseinander standen, passten perfekt für sein Vorhaben. „Komm her! Stell dich hier dazwischen!" wies er sie, mit ruhiger, doch bestimmender Stimme an.

Beatrice: Heute einmal voll und ganz diese Rolle zu übernehmen gefiel ihr, besonders wenn sie ihn betrachtete, sah wie er agierte. Bereitwillig folgte sie seinen Kommandos. Zwischen die beiden Bäume gestellt, spreizte sie die Beine und streckte die Arme zu beiden Seiten aus. Mit Vorfreude beobachtete sie, wie er das Baumwollseil doppelt um ihr Handgelenk schlang und es mit einem Knoten aus dem Shibari befestigte. Dann schlang er das Seil um den Baum, führte es zum Boden hinab, schlang es dort abermals um den Baum. Das andere Ende führte er zu ihrem Fußgelenk und endete dort mit demselben Knoten wie zuvor an ihrem Handgelenk. Selbiges wiederholte er auf der anderen Seite. Dabei schwieg er sie an. Es hatte was von einem Psychopathen, der sie – das brave Schulmädchen – auf dem Heimweg entführt hatte, um sich nun im Wald an ihr zu vergehen. Ein schräger Gedanke, der jedoch einen gewissen Thrill hatte. Diese gewisse damit verbundene Aufregung machte sie an. Raus aus dem Alltag hinein in eine ganz andere Rolle – eine komplett andere Welt. Es kickte sie!

Alex: Zufrieden mit seinem Werk betrachtete er das schüchtern aussehende Mädchen. Wie sie so da stand, in ihrer Schulkleidung, mit gespreizten Armen und Beinen zwischen diesen Bäumen. Für die richtige Fesseltechnik wie auch die Knoten hatte er sich die ganze Woche über bereits mittels YouTube-Videos informiert. Gut investierte Zeit, wie er nun fand.

Von einer Freundin, die ein Pferd besaß, hatte er sich eine Reitgerte geliehen, die er nun aus seinem Rucksack zog. Die großen Augen von Beatrice zu sehen, als sie zum ersten Mal das professionelle Schlagwerkzeug erspähte, gab jetzt auch ihm einen Kick. Mit der Gerte in der Hand schritt er um Beatrice herum, wie ein Milizfeldwebel um einen gegnerischen Gefangenen.

Beatrice: Sein schweigen, sein Gang, seine Körpersprache strahlten eine Macht aus, die er bei den letzten beiden Treffen nicht im Ansatz hatte. Es bescherte ihr eine leichte Gänsehaut. Von Zeit zu Zeit trafen sich ihre Blicke. Auch diese waren wie ausgewechselt. Sehr durchdringend, unglaublich intensiv. Es zog sie förmlich in seinen Bann. Sie liebte diese Session jetzt schon, obwohl eigentlich noch gar nichts Bedeutendes geschehen war. Oh, das hätte sie sich damals während der Spiele in ihrer Kindheit gewünscht. Damals hatten die Jungs irgendwie meist die Hosen voll. Andererseits ... vielleicht wäre sie dann davon gelaufen. Nicht so heute. Gut, davonlaufen ging nun ohnehin nicht mehr.

Alex: Als er bei einer seiner langsamen Runden um sie wieder einmal hinter ihr war, stoppte er. Dicht in ihrem Rücken stehend, den Mund unweit von ihrem Ohr, flüsterte er: „Du machst hier einen auf artiges, unschuldiges

Schulmädchen, doch ich weiß, dass du ein kleines versautes, fürchterlich unartiges Ding bis. Es wird Zeit, dass dir jemand Benehmen beibringt!" Während sie leicht nickte, ging er um das Schulmädchen herum.

Beatrice: Jetzt stand er wieder direkt vor ihr. Betrachtete sie mit seinem stechenden Blick. Im nächsten Moment drückte er ihr die Gerte in die Hand. „Halt fest!", lautete seine knappe Anweisung. Wortlos kam sie dieser nach. Mit indessen freien Händen strich er ihr kurz durchs Haar, um gleich darauf im Zeitlupentempo ihre Bluse aufzuknöpfen. Knopf für Knopf, während er sie ansah. Sein Blick wich keinen Millimeter, auch nicht, wenn sie diesem nicht länger standhielt und kurzzeitig auf den Boden sah. Kaum hatte er alle Knöpfe geöffnet, öffnete er ihre Bluse so, dass ihr Busen voll und ganz freigelegt wurde. Wollte sie das? Ging sie wirklich d'accord mit dem, was er da tat? Oder war das doch schon ein Tick zu viel des Sexuellen? Eigentlich stand ja das Spanking im Vordergrund. Gut, was sollte es, sie hatte ihm beim letzten Mal einen Finger in den Hintern gesteckt. Außerdem war sie ohnehin gefesselt, wehrlos, ihm ausgeliefert.

Alex: Er griff um sie herum, öffnete auch noch ihren BH. Leider konnte er ihr diesen nicht auszuziehen, ohne die gefesselten Arme wieder zu lösen. So legte er lediglich ihre Brüste frei, holte ihre Nippel ans warme Frühjahrssonnenlicht. Ihr anschließend die Gerte wieder aus der Hand genommen, ging er ein Schritt zurück, um sogleich mit der Gerte über ihre Brust zu fahren.

Beatrice: Als er den ledernen Schlag an der Spitze der Gerte über ihre nackte Haut gleiten ließ, durchzog sie ein enormer Lustschauer. Gleichzeitig schwang ernsthafte Angst mit, er könnte mit diesem wenig Harmlos anmutenden Ding jeden Moment auf ihre Brüste einschlagen. Bei mancher seiner Bewegungen zuckte sie mit den Augenliedern. Doch genau diese Spannung begann sie zu erregen. Gleichzeitig genoss sie das sachte Streicheln.

Alex: Ihre Anspannung war unübersehbar. Jedes Mal, wenn er die Gerte von ihrem Körper entfernte, rechnete sie mit einem Schlag und spannte alle Muskeln an. Setzte er dann das sanfte Streicheln fort, entspannte sie sich wieder erleichtert. Dieses Wechselbad der Gefühle regte sie sichtlich an. Sofort fand er große Freude an diesem Spiel. So ließ er nun die Gerte über ihren gesamten Oberkörper wandern. Ebenso über ihre Arme. Mit den Beinen wartete er jedoch noch etwas. Stattdessen wechselte er die Seiten, begab sich wieder hinter sie.

Beatrice: Sie spürte durch ihre Bluse, wie die Gerte über ihren Rücken glitt. Es fühlte sich herrlich an, löste ebenfalls wieder eine Gänsehaut aus. Zugleich war sie überrascht, dass es heute so sanft zuging. Irgendwie hatte sie spätestens mit dem Anlegen der Fesseln deutlich mehr erwartet als die beiden vorangegangenen Male. Den Gedankengang noch gar nicht richtig zu Ende gebracht, merkte sie wie er ihren Rock anhob. Das warme Sonnenlicht fiel auf ihre entblößten Pobacken. Gleich darauf strich er mit der Hand darüber, packte dabei einmal richtig zu. Oh ja, das gefiel ihr. Begann er jetzt endlich sie zu spanken? Sie schloss die Augen, gab sich dem ganz hin, was da kommen mochte. Die Hand wich, und plötzlich: KLATSCH! Aus heiterem Himmel traf sie ein heftiger Gertenschlag auf den Hintern. „Ahhh!", schrie sie auf, zuckte dabei zusammen. Der war heftig gewesen, zugleich war es aber auch irgendwo genau das, was sie sich in ihrer Fantasie gewünscht hatte. Genauso!

Alex: Ihr spitzer Schrei zeigte ihm, dass sie noch einen Moment Eingewöhnung nötig hatte. Gleichzeitig las er in ihrer Körpersprache, wie sehr sie sich genau so etwas wünschte! Abermals streichelte er mit der Hand über ihren Po. Diese wohlgeformten, knackig-runden Apfelbacken – was er damit wohl heute noch alles anstellen würde? Sachte begann er mit der Hand darauf zu schlagen, diesen zu erwärmen. Er fing leicht an, steigerte dann Intensität und Geschwindigkeit der Klapse, bis sie sich zu winden begann und versuchte dem Ganzen zu entgehen. Das war das Zeichen für ihn zu stoppen, ihr eine Pause zu gönnen.

Beatrice: Das heutige Spankingspiel hatte es echt in sich. Es war viel intensiver und besser als die letzten Male. Inzwischen wusste er anscheinend genau, wie er es anzugehen hatte. Aber es war auch heftig! Jedes Mal versuchte sie den Klapsen so lange es ging Stand zu halten. Auch zusammengebissene Zähne und geballte Fäuste halfen irgendwann nicht mehr. Unwillkürlich kamen dann Schreie über ihre Lippen, obgleich sie versuchte diese leise zu halten. Der zusätzliche Kick, dass jemand sie hier sehen oder hören konnte, steigerte den Thrill. Unterdessen wechselte er nun wieder zur Gerte. Den Rand ihres Rockes in den Saum gesteckt, sodass ihr Po von selbst entblößt blieb, legte er den Schlag auf ihrem Sitzfleisch an. Gleich darauf schlug er zu. Heftig, aber nicht unerträglich.

Alex: Inzwischen auch etwas erregt, lauschte er ihrer Stimme. Dem Schrei erzeugt durch den Treffer der Gerte. Dazu genoss er den Anblick, wie ihr Po beim Treffer der Gerte erzitterte. Es sah einfach alles verdammt geil aus. Sie in dem Lolita-Outfit, gefesselt zwischen den Kiefern mitten in der Natur, den Arsch freigelegt, bereit seine Hiebe zu empfangen. Wieder holte er aus und schlug zu. Der Schlag der Gerte grub sich für einen Sekundenbruchteil ins Fettgewebe, um gleich darauf für einige Momente einen rosafarbenen Schatten der Gerte auf der Haut ihres Hinterns zu hinterlassen.

Beatrice: Sie atmete gezielt aus, versuchte sich zu entspannen, fokussierte sich so gedanklich auf den nächsten Schlag ... den sie natürlich gern von ihm empfing. Und nicht nur diesen, auch das weitere Dutzend. Dabei schien er genau zu sehen, wenn sie eine Atempause brauchte. In jenen Momenten fühlte sie den Schlag der Gerte sanft über ihre Pobacken streichen. Irgendwann führte er die Gerte weiter hinab zwischen ihre Oberschenkel. Dieses kleine Stück Leder in dem Bereich über ihre Haut gleiten zu spüren, begann sie augenblicklich sehr zu erregen. Ganz besonders als er damit durch ihren Slip ihren Damm berührte und gleich darauf auch noch ihre Schamlippen.

Alex: Genüsslich beobachtend, wie sie dahin schmolz, dachte er sich: du kleines Luder, bist schon wieder viel zu erregt. So setzte es den nächsten Schlag auf ihren süßen, runden Arsch. Und noch einen, und noch einen. Bis sie begann auszuweichen, sich zu winden, an den Seilen zu ziehen. Nun ging er um sie herum. Ihren Rock angehoben, führte er den Schlag der Gerte an ihr Schamdreieck. Provozierend strich er darüber.

Die Blicke beider trafen sich. Es war, als würde die Zeit für eine Sekunde stillstehen. Und jetzt? War dieser Bereich für ihn weiterhin tabu? Er wollte nicht auf ihre Einwilligung warten. Störte es ihn ohnehin ein wenig, dass sie viel zu oft den Ton angab. Heute nicht – heute war es sein Spiel! „Senke deinen Blick!", sagte er mit ruhiger, aber dennoch bestimmter Stimme. In der Tat schaute sie auf den Waldboden. Das Befolgen seiner Anweisung war für ihn automatisch die Einwilligung, dass er freie Bahn hatte.

Beatrice: Kaum hatte sie ihren Blick gesenkt, schloss sie die Augen, gab sich ihm ganz hin. Gleich darauf spürte sie, wie seine Finger ihren Slip bei Seite schoben. Die freigelegten Schamlippen waren ihm nun schutzlos ausgeliefert. Eine gewisse Angst kam auf, zugleich aber auch der gestiegene Nervenkitzel, die Neugier, die Spannung, die Freude etwas so ausgefallenes erleben zu können. Indes spürte sie, wie das kleine Lederstück sachte über ihre Schamlippen strich. Ein paar Mal hin und her, dann drückte er damit gegen ihren Kitzler. Oh verdammt ... das erregte sie gleich noch viel mehr. Was tat er da heute nur. Durch ihren Körper lief ein wahrer Schauer.

Alex: Unschwer konnte er erkennen, wie feucht der Schlag war – das schwarze Leder glänzte im Sonnenlicht. Innerlich grinsend beschloss er weiterzugehen. Sachte schlug er mit der Gerte gegen ihren Kitzler. Augenblicklich zuckte sie zusammen. Doch statt einem Schmerzensschrei kam ein Lustschrei über ihre Litten. Er wiederholte das Ganze. Die Reaktion blieb gleich. Das hatte er so nicht erwartet. Mit ein wenig mehr Schmackes versetzte er ihr nun im zügigen Takt viele kleine Schläge auf ihren Schambereich.

Beatrice: Das Gefühl war krass! Wirklicher Schmerz war es nicht. Eine Mischung aus radikalen Lust-steigernden Impulsen und kleinen gefühlten Stromstößen, die im ganzen Unterleib zuckten. Einige Zeit konnte sie es aushalten, dann wurde es zu heftig. Trotz zusammengebissener Zähne, begann sie aufzustöhnen. Versuchte zugleich sich wegzudrehen.

Alex: Von ihrem Schambereich abgelassen, um ihr eine Pause zu gönnen, ging er wieder um sie herum.

Abermals war ihr Po fällig. Ein weiteres Dutzend leichter Hiebe auf beide Seiten sollten sie auf andere Gedanken bringen. Dieses Spiel brachte sie regelrecht zum Tanzen zwischen den Bäumen.

Beatrice: Das heutige Spiel war einfach nur verrückt. All das Adrenalin, was er in ihr freisetzte auf der einen Seite, die ganze Erregung auf der anderen Seite – es war eine derart heftige Achterbahn. Obendrein immer die Frage, was wohl als Nächstes kam. Noch nie hatte sie etwas so gekickt.

Alex: Ihrem Hintern nun wieder eine Pause gönnend, ging er ein weiteres Mal um sie herum. Während er ihr durchs Haar strich, mit der Gerte über den Busen fuhr, sah er, wie ein milchig zäher Lusttropfen von ihren Schamlippen langsam einen von der Schwerkraft angezogenen Faden bildete und schließlich auf den Waldboden fiel. So erregt war sie also? Warum daher nicht noch eine Schippe drauflegen? Erneut begann er mit der Gerte ihren Kitzler zu "verwöhnen". Diesmal jedoch nicht mit vielen kleinen Schlägen, sondern mit wenigen, sehr gezielten, etwas gröberen. Dazwischen streichelte er mal ihren Busen, mal strich er mit der Gerte über ihren Bauch oder entlang dem Inneren ihrer Schenkel. Stets jedoch so, dass sie nicht abschätzen konnte, was als Nächstes kam. Ihr Zucken, wenn sie vermutete, dass gleich wieder ein Schlag ihren Schambereich traf, war ein regelrechter Augenschmaus für ihn. Er labte sich an ihrem Zustand, an dieser Spannung, der sie unterlag – die er regelrecht fühlen konnte.

Beatrice: Dies war der pure Nervenkitzel! Nicht zu wissen, was er als Nächstes tat. Diese bunte Mischung aus einem Schlag hier, einem streicheln da, einem Klaps dort, ein sanftes Kratzen an einer anderen Stelle. Purer Nervenkitzel, Erregung, Adrenalin! Diesmal fühlte sie sich völlig ausgeliefert. Weniger körperlich, oder wegen der Seile an Hand- und Fußgelenken. Viel mehr war es sein psychologisches Momentum. Inzwischen dicht neben ihr stehend, setzte es immer wieder einen gut dosierten Schlag mit der Gerte auf ihren Po, während er ihr zugleich die andere Hand zwischen die Beine schob. Als sie seine Finger an ihrer Klitoris vernahm, ging ein regelrechter Schauer der Lust elektrisierend durch ihren Körper. Unter der steigenden Erregung, die er ihr so schenkte, fühlten sich die Schläge weniger schmerzhaft an. Stattdessen lechzte sie regelrecht danach, parallel den Hintern versohlt zu bekommen. Die Treffer der Gerte bildeten eine einzigartige Symphonie mit den Fingerspielen an ihrer Punani.

Alex: Ihn beeindruckte es, wie klitschnass ihre Schamlippen waren. Sie lief regelrecht aus. Nie hätte er sich träumen lassen, dass sie bei solch einem Spiel derartig dahin schmolz. Immer wieder hob er seinen Blick, checkte die Lage. Gut! Niemand zu sehen. Nichts wäre schlimmer, als diese abgefahrene Session wegen irgendwelcher Sonntagsspaziergänger jetzt unterbrechen zu müssen. Nicht bei dem Zustand, in dem sie gerade war. Schließlich wollte er sie noch richtig in Ekstase bringen. Sie heute vielleicht sogar bis ans Limit treiben. Allmählich zitterte sie bereits. An manchen Stellen glänzte ihre Haut in der langsam tiefer stehenden, aber dennoch sehr warmen Nachmittagssonne. Sie stöhnte nicht mehr, keuchte nur noch. Dabei hing sie regelrecht in den Seilen an ihren Handgelenken. Haarsträhnen hingen ihr ins Gesicht.

Beatrice: Wollte sie wirklich, dass es heute so weit geht? Diese Session war heftig – viel heftiger als erwartet. Doch sie konnte einfach nicht anders, als immer weiter zu wollen. Mittlerer Weile war sie so erregt. Ihr ganzer Körper bebte! Zum einen aus Lust, zum anderen vor Adrenalin durch die Gertenhiebe. Inzwischen fühlte sie nicht mehr wirklich Schmerzen, war regelrecht in Trance. Seine Finger – mal an ihrem Kitzler, mal in ihr, den G-Punkt stimulierend – raubten ihr den Verstand. Und dann waren da immer mal wieder die schnellen, kleinen Klapse mit der Handfläche auf ihr Schambein und die Schamlippen, im Gegenspiel zu den gelegentlichen Schlägen der Gerte auf ihren Arsch. Es trieb sie so in den Wahnsinn ... die Anspannung, der Thrill. Ihr Stöhnen glich inzwischen einem lauter werdenden Dauerton. Ihr Atem einem lusterfülltem Hecheln. Wollte sie, dass es noch weiter geht, oder wollte sie einfach nur Erlösung, ein Ende, Erholung?

Alex: Was für ein Anblick! Es erregte ihn ungemein zu sehen, wie diese, im Stile eines Schulmädchens gekleidete Frau, gefesselt zwischen Kieferstämmen, völlig in Lustekstase geriet. Wie sie ihrer selbst nicht mehr Herr war. Er hatte sie sprichwörtlich in der Hand. Und mit eben dieser Hand fingerte er sie so geschickt, dass sie nun laut aufschrie. Mit einem Schlag wurde seine Hand noch viel nasser. Ein unkontrollierter Schwall weiblichen Ejakulats ergoss sich über seine Finger auf den Waldboden.

Beatrice: Nun war alles zu spät, sie konnte es nicht mehr zurückhalten – wollte es auch nicht, sondern empfing die Erlösung mit offenen Armen, auch wenn sie sich noch nie einem Mann derart hingegeben, derart bloßgestellt hat. Scham empfand sie dennoch keine. Sie war einfach in einer anderen Dimension, fühlte sich wie in einer Szene eines abartigen Filmes oder Buches, während ihr Orgasmus auf das Moos und die braunen Kiefernnadeln am Boden spritzte. Von ihr aus, durfte es ruhig auch das nächste Dorf noch hören, wie abgefahren heftig und einmalig dieser Höhepunkt war. Am Ende sackte sie erschöpft zusammen.

Alex: Seine alte Sandkastenfreundin aufgefangen, stützte er sie, hielt sie für einige Momente im Arm. Dass er sie so weit bekommt, hätte er niemals vermutet. Stolz grinste er vor sich hin. Als nach einigen Momenten langsam ihre Kräfte zurückkehrten und er sie nicht länger stützen musste, befreite er sie. Irgendwie brauchte er jetzt allerdings auch noch Erleichterung. Diese Nummer war schlichtweg so erregend gewesen, dass seine Lederhose im Schritt unglaublich spannte. Ob sie wohl zu weiteren Schandtaten bereit war, nach all dem? Ihm stand danach, sie jetzt noch so richtig schön durchzuficken. Ob er wohl heute mal ran durfte? Oder war sie nach dem Orgasmus out-of-Order?

Beatrice: Geflutet von all den Glückshormonen, denen sie diesen Rausch zu verdanken hatte und all den Emotionen, die dieser einmalige Orgasmus ihr beschert hatten, war sie bereit ihm all das zurückzugeben. Na gut, vielleicht nicht auf jede erdenkliche Weise, aber einen schönen Höhepunkt hatte er sich definitiv auch verdient. Obendrein wollte sie ihn jetzt unbedingt mal abspritzen sehen. Sein Sperma auf dem Waldboden, neben ihrem Ejakulat – das wäre es! Sie rieb sich die Handgelenke, wo die Seile ihre Spuren hinterlassen hatten. Ebenso ihren geschundenen Hintern. Dann richtete sie ihren Rock, ebenso ihre Bluse. Anschließend ging sie vor ihm auf die Knie. Die langen Haare lapidar zu einem Pferdeschwanz zusammengeknotet, winkte sie ihren Jugendfreund mit dem Zeigefinger näher. Sein dominant wirkendes Outfit strahlte einfach Sexappeal aus. Da reizte es gleich noch einmal mehr, ihm die Hose zu öffnen. Sein Gemächt sprang ihr förmlich entgegen. Eine herrlich harte Stange, dessen Schläge sie durchaus auch gern gegen so manche intime Stelle gefühlt hätte. Deutlich konnte sie ihm ansehen, wie sehr auch ihn diese Outdoor-Nummer erregt hatte.

Alex: Von oben auf sie herab blickend, verfolgte er, wie ihre Hände seine Hose öffneten, seinen Ständer an die frische Waldluft holten. Gemächlich begann sie ihn zu wichsen. Nach kurzer Zeit suchten und fanden ihre roten Lippen seine Eichel. Erst küsste sie diese nur, dann leckte sie daran, wie am ersten Straßeneis des Jahres. Ihre Zunge wanderte an der Unterseite seines Schaftes auf und ab. Schließlich ließ sie seine Lanze ganz in ihrem Mund verschwinden.

Beatrice: Tief schob sie sich sein Glied in die Kehle, umschloss es fest mit ihren Lippen, saugte daran, so kräftig sie konnte. Anfangs langsam, bald etwas zügiger bewegte sie ihren Kopf, ergriff dabei mit ihren Händen seine Pobacken. Oh, wie sexy fühlten sich diese doch an in seiner Hose. Beim nächsten Mal würde sie auch wieder Leder tragen wollen, hielt sie gedanklich fest, während er ihren Mund fickte. Plötzlich spürte sie abermals die Gerte an ihrem Rücken. Während er den Blowjob genoss, sie dabei schmunzelnd beobachtete, ließ er die Gerte erst über ihre Rückseite, dann Schultern und schließlich Arme wandern. „Verschränke deine Arme hinterm Rücken!", befahl er. Vermutlich wollte der den damit noch devoteren Anblick genießen. Anstandslos erfüllte sie ihm den Wunsch.

Alex: Wie eine Sexsklavin wirkte sie, so am Boden kniend, mit den Händen auf dem Rücken, während sie emsig sein bestes Stück bis zum Würgereiz lutschte. Dies machte ihn enorm an, lange würde er nicht brauchen. Dazu das herrliche Gefühl ihrer Lippen, ihres Saugens. Er war so tief in ihrem Mund, eigentlich schon eher Hals. Ob er sich direkt in ihre Speiseröhre entladen sollte. Der Gedanke reizte ihn wahnsinnig. Andererseits reizte es ihn noch viel mehr sie richtig zu ficken! Bereits beim letzten Mal brachte ihn dieser Gedanke fast um den Verstand. Heute wollte er sie nicht davon kommen lassen – nicht nach dem er ihr dieses orgasmische Feuerwerk beschert hatte. Da würde sie es mit Sicherheit nicht ablehnen. „Das reicht!", befahl er. „Dreh dich rum! Kopf runter, Arsch hoch!"

Beatrice: Diese klaren Ansagen gefielen ihr. Sie ahnte, was er vorhatte, war sich dennoch nicht sicher, ob sie es wollte, auch wenn er es sich verdient hatte. Wollte sie wirklich Sex mit ihm oder nur Spankingspiele? Zumal er kein Kondom dabei hatte. Okay, ihr geiler Höhepunkt war auch kein simples Spankingspiel mehr gewesen. So drehte sie sich um, beugte sich vor, stützte sich auf ihren Ellenbogen ab und streckte ihm den Arsch entgegen.

Alex: „Braves Mädchen!", flüsterte er. „Da hat die Züchtigung doch ihre Wirkung gezeigt. Wenn du artig bist, darfst du nun meinen Freudenspender empfangen. Bist du jedoch widerspenstig, wirst du die Gerte heftiger zu spüren bekommen als zu vor. Und glaube mir, in der Position, die du nun eingenommen hast, würde es mir noch deutlich mehr Freude bereiten!" ... In der Tat würde es das! Und der Gedanke regte ihn gleich noch mehr an. Viel mehr! Mit der Gerte hob er ihren rot karierten Faltenrock an, entblößte abermals ihren immer noch geröteten Po. Dabei seinen Schwanz selbst wichsend, labte er sich an dem Anblick. Wie sie auf allen Vieren vor ihm im Wald kniete, mit Hohlkreuz den Arsch richtig schön herausgestreckt. Das unschuldig anmutende, im Geiste aber teuflisch versaute Schulmädchen. Den Rock hochgeschlagen, die Löcher zur freien Auswahl. Ihre schon wieder, oder immer noch nasse Muschi oder doch das verlockend enge Arschloch. Nach den Fingerspielen vom letzten Mal gab es da nicht viel Bedarf zu langen Überlegungen. Er ging über ihr in Stellung, seine Blicke auf das Ziel der Begierde gerichtet. Dies war schlichtweg so heiß, dass er gar nicht weiter kam. Just in dem Moment überkam ihm sein Höhepunkt.

Beatrice: Während sie noch darauf wartete, seine Eichel jeden Moment durch ihre inneren Schamlippen streichen und tief in sich vordringen zu spüren, hörte sie plötzlich sein lustvolles Aufstöhnen. Genau wie sie hielt er sich da in Sachen Lautstärke keines Wegs zurück. Im selben Moment fühlte sie einen warmen Spermaregen auf ihre Pobacken niedergehen. Einige Tropfen trafen gar ihren Rücken, ihre Schultern, wie auch den Waldboden um sie herum. Die Ladung schien enorm zu sein. Schade, irgendwie hätte sie ihn am Ende dann doch ganz gern noch einmal in sich gespürt. Ein schöner Fick, der diese geile Aktion lustvoll abgerundet hätte … ja das wäre es dann vielleicht doch gewesen, zumal sie inzwischen ohnehin sehr intim miteinander waren.

Alex: Ihm kam es verdammt heftig. Hatte ihn das ganze Spiel doch schließlich gewaltig erregt. Er schoss seinen Saft gefühlt überall hin. Der Löwenteil ging jedoch auf ihrem Hintern nieder und das sah verdammt heiß aus. Ihr mal so richtig auf den Arsch abzuspritzen war ihm schon beim letzten Mal durch den Kopf gegangen, speziell als sie noch den Lederrock anhatte. Zugern hätte er sie zwar noch einmal ordentlich von hinten rann genommen – es wäre heute perfekt gewesen. Aber gut, dann halt bei einem späteren Treffen. So hatte er wenigstens einen Grund, beim nächsten Mal eine passende

Situation zu erschaffen, um das nachzuholen. Ein klares Ziel war immer gut.

Sie stand wieder auf, wischte sich mit einem von ihm wohlweislich mitgebrachten Handtuch die Spermaspuren ab. Dann sahen sie sich kurz und tief in die Augen. Ein kurzer Kuss und ein High-Five folgten. Langsam begann es kühler zu werden. So packten sie alles zusammen. Auf die gelungene Session leerten sie den letzten Schluck Sekt, bevor sie sich auf den Heimweg machten.

Die heutige Session hatte es wirklich in sich gehabt. Sie war für beide deutlich erregender gewesen, als die ersten zwei. Das ganze verlangte einfach nach Wiederholung. Beim nächsten Mal vielleicht an einem Ort, an dem sie es noch weiter treiben, noch versauter sein konnten. Bei einem waren sie sich jedenfalls einig: das nächste Mal mit noch ausgiebigerer Vorbereitung und mehr Utensilien. Und vielleicht auch wieder etwas mehr in die Richtung ihrer kindlichen Spiele.

Teil 4:
Das geplante Abenteuer

Nun war es bereits Mitte Mai, der Frühling zeigte sich von seiner besten Seite, alles war grün geworden, die Natur duftete und das Wetter glänzte noch immer mit ungewöhnlich viel Sonne. Alex und Beatrice hatten sich für einen Wochentag verabredet, an dem beide freihatten. Diesmal wollten sie jedoch ihr Spiel vollenden – weiter gehen als je zu vor, nicht nur herumspielen. Da Beatrice fand, ihre Wohnung sei dafür etwas ungeeignet, hatte sie eine bessere Idee. Ihre Eltern besaßen einen Kleingarten in einer dieser weitverbreiteten Schrebergartensparten. Es war eine recht kleine Sparte, außerhalb der Stadt, halb im Wald, halb auf irgendwelchen Feldern. Hier war man unter der Woche – und ganz besonders zu dieser Jahreszeit – mit Sicherheit unter sich. Niemand konnte einen hören!

Die Beiden trafen sich kurz vor dem Mittag. Beatrice lud aus ihrem Auto eine ganze Einkaufsbox voll Dingen, welche sie extra besorgt hatte. Allerdings war der Inhalt so zugedeckt, dass Alex und auch etwaige Passanten keinen Blick darauf erhaschen konnten. Sie schaffte die Kiste in die Laube, wo sie diese auf den Tisch stellte.

Beatrice: „Hast du auch deinen Teil besorgt?"

Alex: Er nickte und holte zwei immer noch kalte Bier aus dem Rucksack. Eines warf er ihr zu.

Die beiden setzten sich vor der Laube auf die Terrasse in die Sonne. Sie stießen aufeinander an.

Beatrice: „Heute gehen wir es mal etwas professioneller an. Was willst du machen? Was wollen wir anstellen, beziehungsweise wie soll das jetzt ablaufen? Hast du dir dazu schon Gedanken gemacht?" Bei dieser Frage grinste sie ihn frech an.

Alex: „Naja zum einen würde ich dich zwar gern noch mal spanken wollen, vielleicht auch irgendwie so, dass es an etwas in der Art herankommt, wie wir es früher gemacht haben. Zum anderen war deine Aktion bei unserem vorletzten Treffen auch sehr geil! Das fand ich echt höllisch aufregend! ... Würde ich gern mal noch etwas vertiefen. Nun ja, nachdem ich dich beim letzten Mal gespankt und dominiert habe, lass' ich diesmal auch ruhig etwas mehr mit mir machen."

Beatrice: „Klingt gut! Ich finde auch, dass das was hatte. Da machen wir an der Stelle etwas weiter. Mal sehen, wann ich dir dann zwischendurch auch ein bisschen meinen Arsch hinhalte." Sie lachte. „Wie weit darf ich gehen?"

Alex: „Lass mich am Leben!" Auch er lachte. „Nein, übertreib es nicht gleich und ich sag' dir schon wenn's zu viel wird! Keine Spuren wären jedenfalls ganz gut. Sonst würde ich mal sagen, ist alles erlaubt."

Beatrice: „Lässt sich sicher einrichten". Schmunzelnd stand sie auf, ging in die Laube und zog sich um. Ihr T-Shirt tauschte sie gehen ein BH ähnliches Lederoberteil, ihre Jeans gegen Hotpants ebenfalls aus schwarzem Leder und die Turnschuhe gegen schwarze Stiefel. Wieder draußen bei Alex grinste sie ihn an: „Ich wär dann so weit!"

Alex: Ihn überkam ebenfalls ein Grinsen, als er seine alte Sandkastenfreundin in diesem heißen Outfit sah. Sie war weiter weg von dem Mädchen, welches er von einst kannte, als er sich je hätte vorstellen können. Beinahe wirkte sie, als würde sie jeden Moment auf den Tisch steigen und an einer Stange einen heißen Tanz hinlegen.

Aber statt diesem tat sie etwas anderes mit dem Garten-tisch – sie beugte sich über diesen, stützte sich auf ihre Ellenbogen und streckte ihren Po heraus. Als Alex dies sah, wusste er sofort, wo es lang ging und was sie wollte. Er erhob sich, ging um den Tisch herum zu ihr. Das schwarze Leder welches ihren knackigen Po verhüllte, glänzte seidenmatt in der warmen Mai-Sonne, die vom stahlblauen Himmel strahlte.

Beatrice: So war es heiß – sprichwörtlich! Nicht nur wegen des ungewöhnlich warmen Tags. Die Sonne auf ihrem Arsch erwärmte diesen ordentlich, was schon mal etwas leicht Erregendes hatte. Sie spürte wie knackig ihr Po in diesen Shorts wirken musste – auch das machte sie an. Welche Frau liebte nicht das Gefühl sich beson-ders sexy, heiß und begehrt zu fühlen?! Und dann war da ja auch noch die Vorfreude.

Alex: Kurz betrachtete er diesen Prachtarsch auf wel-chem quasi unsichtbar die Worte >Spank Me!< stan-den. Daher legte er auch sofort los – inzwischen wussten sie ja voneinander was sie wollten wie auch durften. Rasch holte er aus und schlug ihr mit der flachen Hand auf den Hintern. Ein leichter Klaps zum Auftakt war das wahrlich nicht. Es war gleich ein richtig harter Schlag, der zu dem laut klatschte.

Beatrice: Sie schreckte hoch. „Autsch!" Dass er heute gleich wieder so ran gehen würde, hatte sie dann doch nicht erwartet. Doch es gefiel ihr. Ein Lächeln breitete sich auf ihrem Gesicht aus. Sofort traf sie der zweite Schlag. Ja, das war noch besser als zuvor. Leicht begann sie mit dem Po zu wackeln, als wolle sie ihn damit noch extra provozieren. Der nächste Schlag klatschte auf ihre Backen. „Ahhh!", stöhnte sie auf – mehr lustvoll hau-chend als ein echter Schmerzschrei. Am meisten erregte sie dabei eigentlich das Geräusch, wenn seine Hand auf ihre ledernen Hotpants traf. Während ein Schlag auf den anderen folgte, feuerte sie ihn noch regelrecht an: „Ja komm, gibt's mir! Ich bin eine versaute Schlampe, die genau sowas braucht. Mir hat noch kein Mann so richtig den Arsch versohlt ... Oh ja los schlag mich weiter, fester!"

Alex: Er hatte bereits einen ordentlich Steifen in der Hose. Das Ganze war aber auch einfach zu geil, vor allem durch ihre Worte. Ihn erregte es so sehr, dass er sich in Gedanken ausmalte, seinen Schwanz herauszuholen und während er sie mit einer Hand weiter spankte, sein Glied zu wichsen, um ihr dann auf ihren geilen Lederarsch zu spritzen. ... Aber noch ahnte er ja nichts vom weiteren Verlauf des Spiels!

Ihre Pobacken erzitterten unter den Treffern seiner Hand. Zwischendurch begann er diese wieder zu kneten, wie auch zu massieren und zu streicheln. Schließlich konnte er einfach nicht länger widerstehen – sie waren immerhin keine Kinder mehr, die nur spielten! Inzwischen stand doch das Sexuelle im Vordergrund! So stellte er sich direkt hinter sie. Geil wie er geworden war, presste er seinen Schoß gegen ihren Po, rieb ihn daran.

Beatrice: Während sie im ersten Moment überrascht war und ablehnend reagieren wollte, ließ sie ihn aber schließlich doch gewähren. Es hatte auch für sie etwas Erregendes, zumal sie durch seine Jeans und ihre Leder-Hotpants seinen harten Schwanz spüren konnte. Außerdem trafen nach wie vor noch klatschende Schläge ihre Pobacken.

Stöhnend genoss sie das Spiel noch einige Minuten. Doch bevor es drohte langweilig zu werden, unterbrach sie ihn: „So geil es ist und so sehr ich das noch ein wenig weiter genießen würde ... Jetzt will ich mal! Ist es okay für dich, wenn wir die Rollen tauschen? Schließlich hab ich mich extra darauf vorbereitet. Meinetwegen können wir später nochmal wechseln."

Alex: „Okay können wir machen!" So ließ er von ihr ab. Kaum war sie weg vom Tisch, wollte er ihren Platz einnehmen und sich über den Tisch beugen. Aber noch bevor er richtig in Position war, klatschte ihre Hand auf seinen Arsch, gefolgt von ihren Worten: „Komm mal mit rein!"

Beatrice: „Ich hab mir bissel was ausgedacht, aber dazu brauchen wir erst einmal eine >Spielwiese<. Also hilf mal mit das Sofa umbauen!" Dieses Stand, direkt wenn man in die Laube hinein kam links an der Wand, neben dem großen Fenster zur Terrasse. Durch jenes fiel die Sonne direkt herein auf das Sofa, welches sie gemeinsam zu einer großen Liegefläche ausklappten. Danach holte Beatrice aus der Einkaufsbox, mit all den besorgten Dingen, einen kleineren Karton. Aus diesem packte sie ein schwarzes Latexlaken aus. „Das ziehen wir jetzt über die Liegefläche" erklärte sie grinsend.

Alex: „Holla, na jetzt geht's aber los!" Staunte er nicht schlecht. Gemeinsam richteten sie ihre Spielwiese ein, in dem sie zusätzlich in der Mitte unter dem Laken einen Stapel Kissen platzierten.

Beatrice: „Super! So weit, so gut." Sie betrachtete frech grinsend ihr Werk. „Nun zieh dich aus!"

Alex: „Wie jetzt? ... Nackt?" ... Zwar sah das alles nach einem sehr geilen Spiel aus, aber...

Beatrice: „Nein, nur die Ritterrüstung! ... Ja klar du Spinni! Aber wenn du willst, darfst du deine Shorts erst mal noch anbehalten. Wir wollen ja nicht gleich mit der Tür ins Haus fallen."

Alex: Noch ein wenig zögernd – nach der Vergangenheit der Beiden war das kein Wunder – befolgte er den Befehl seiner alten Sandkastenfreundin. Bis auf seine

Shorts zog er alles aus. Kaum war er so weit, wollte sie seine Hände sehen. Ein Vorwand um ihm Plüschhandschellen anzulegen. Sowie dies geschehen war bekam er als nächsten Befehl, sich auf der Spielwiese zu platzieren. Genauer gesagt sollte er sich über den Kissenhaufen legen. Auch dies tat er. Allmählich dämmerte ihm wie das ganze nun ablaufen sollte – ein interessanter Gedanke!

Beatrice: „Ja, das sieht schon mal sehr nett aus. So wie ich mir das vorgestellt habe. Na ja fast!" Jetzt holte sie noch eine lederne Fessel-Manschette aus ihrer Einkaufsbox. Mit dieser fesselte sie seine Beine aneinander. „Wunderbar! So noch ein was, dann haben wir's und es kann losgehen. ... Wir machen es wie in alten Zeiten, habe ich mir gedacht."

Aus ihrer Einkaufsbox holte sie unter seiner Beobachtung ein zusammengelegtes, rotes Gummituch. Es war eines dieser typischen DDR-Betteinlagen, welche sie einst für ihre Spielchen benutzt hatten. Zum einen manchmal als Unterlage, doch meist auch als Schürze des Folterknechts ... oder in ihrem Falle auch manchmal Folterknechtin.

Alex: Ihn überkam sofort ein Schauer. Daran erinnerte er sich in der Tat noch, als sei es erst gestern gewesen. Er hatte bei dieser Erinnerung noch den unverwechselbaren Geruch in der Nase. ... Und natürlich die unvergesslichen Bilder, die schon damals etwas in ihm ausgelöst hatten. Heute würde er es die pure Erregung nennen.

Beatrice: Wie einst faltete sie das Laken auseinander, legte es sich um die Taille und schnallte einen Gürtel darum, damit es hielt. Es war nun quasi wie ein wadenlanger Wickelrock, oder eben eine Gummischürze. Keiner von beiden wusste noch, warum sie dies damals so benutzt hatten, aber es hatte etwas. Es hatte irgendeinen besonderen Reiz gehabt. Einen, den es heute immer noch hatte. Und heute verbanden die beiden damit die prickelnden Erinnerungen. Auch Beatrice empfand es, sofort nachdem sie sich dieses Tuch umgebunden hatte, irgendwie kinky und sehr erregend. Sie fand sich augenblicklich in die jungen Teeny-Jahre zurückversetzt, als sie so draußen in einem Wäldchen oder einem verlassenen Campinganhänger am Waldesrand die Jungs ihrer Clique gespielt ausgepeitscht hat. Es waren wohl auch bei ihr diese Erinnerungen, die sie mit dem Anblick, dem Gefühl, wie auch dem Geruch verband. Nach wie vor war es der gleiche unbekannte Reiz wie einst.

Alex: Bis eben war er sich nicht ganz sicher gewesen, ob er sich heute von ihr "schlagen" lassen wollte. Doch jetzt, wo er sie sah und zugleich vor seinem geistigen Auge die Bilder von einst auftauchten, wollte er es unbedingt. Nun war ihm ebenfalls klar, warum sie – die Jungs der Clique – damals alle recht scharf darauf waren, das Opfer zu spielen. Er beobachtete, wie Beatrice um ihn herum ging. Das lange Gummituch hing glatt an ihren Beinen herunter und schwang bei ihren Schritten. Auch das unverwechselbare Geräusch bei ihren Schritten löste einiges bei ihm aus. Zudem sah ziemlich kinky aus, sodass er kaum erwarten konnte, was für aufregende Dinge sie mit ihm vorhatte.

Beatrice: Nach kurzer Überlegung, was von den Dingen, die sie in der letzten Woche in mehreren Erotikshops besorgt hatte, sie jetzt benutzen könnte, griff sie zu einer Lederpeitsche. Da dies ja eher ein Spiel zur Erinnerung an früher war, hatte sie nur eine kleine Peitsche geholt – eine mit Latexgriff und 9 dünnen, zirka 30 Zentimeter langen Lederriemen. Daheim hatte sie diese natürlich schon einmal ausprobiert, in dem sie auf ihr Kopfkissen sowie ihre eigenen Oberschenkel geschlagen hatte. Somit wusste sie in etwa mit dem Ding umzugehen. „Bist du bereit deine Strafe zu empfangen?" fragte sie im gleichen Tonfall wie einst.

Alex: Den Flogger in ihrer Hand gesehen, wurde ihm doch etwas anders. Sie hat ja wirklich nichts unbedacht gelassen, ging ihm durch den Kopf. Aber die vor kurzem eingesetzte Vorfreude, die Neugier und die geilen Gedanken an Früher, besiegten alle Zweifel und Ängste. „Ja ich bin bereit!", antwortete er.

Beatrice: Sie stellte sich links neben Alex, betrachtete, wie er halb kniend, halb liegend über den Haufen aus Kissen gebeugt war – es sah schon fast aus wie einst, nur dass er jetzt weniger bekleidet war. Aber dennoch zu viel für heute, fand sie. Daher zog sie ihm kurzerhand seine Shorts herunter. Nun lag er da mit nacktem Po, wie so ein Schuljunge vor der Disziplinarmaßnahme. Sie holte aus, schlug zu ... Mit lautem Klatschen – dem unverwechselbaren Geräusch einer mehrschwänzigen Lederpeitsche – trafen die Riemen seinen entblößten Po.

Alex: Zum ersten Mal in seinem Leben wurde sein Arsch von einem Flogger getroffen – früher standen ihnen ja keine solchen Werkzeuge zur Verfügung. Er zuckte zusammen. Richtig weh tat es nicht, aber es ziepte ganz schön! Gleich darauf klatsche es zum zweiten Mal. Oh ja, das war ordentlich. ›Klatsch‹ Schlag Nummer drei. Er begann zu stöhnen. Dies war definitiv heftiger als früher, wenn sie eine dünne Weidenrute benutzte und er Hosen anhatte. ›Klatsch‹, der nächste Schlag. Er blickte an seiner linken Schulter vorbei, sah sie die Peitsche schwingen, sah sie in ihrer Gummilaken-Schürze – was für ein geiler, erregender Anblick war das nur! Ähnlich wie einst und doch besser. Es hatte so etwas verboten Scharfes, so etwas spielerisch Bizarres, so etwas unanständig Interessantes. ›Klatsch‹, ein weiterer Peitschenhieb traf seinen nackten Hintern. Irgendwie fühlte er sich in der Zeit zurückversetzt, kam sich noch einmal vor wie damals, bei einer dieser geheimen Abenteuerspiele. Sie wieder die böse Herrscherin, die ihn gefangen hatte, zu 30 Peitschenhieben verurteilte und diese auch gleich selber ausführte. Mit dieser "Henkersschürze" - wie sie es nannten – umgebunden, flagellierte das Mädchen das Opfer des Tages.

›Klatsch‹ „Ahhh!", stöhnte er auf. Der Schlag war der heftigste bislang gewesen und riss ihn aus seinen Erinnerungen. Geistig zurück in der Gegenwart genoss er weiterhin den Anblick. Dabei sog er den Geruch tief in sich auf. Der Geruch des Gummis und Latex machte ihn fast high. Die nächsten Schläge – obwohl sie härter wurden – vernahm er zusehends angenehmer. Es musste wohl die sinkende Schmerzgrenze durch die steigende Erregung sein. Entspannt, soweit dies ging, versuchte er die Malträtierung so gut es möglich war, in sich aufzunehmen, sie bewusst mitzuerleben und sie für später gedanklich festzuhalten.

Beatrice: Eines musste sie sich eingestehen, sie hatte richtig Spaß an diesem Spiel gefunden, auch wenn damit keine direkte sexuelle Befriedigung einherging. Es waren Gefühle anderer Art, vielleicht dieselben, die sie vor vielen Jahren schon mal an gleicher Stelle ansatzweise verspürt hatte. Zum Teil fühlte auch sie sich in der Zeit zurückversetzt, besonders wenn sie an sich herunter blickte, sich in dem umgebundenen Gummituch sah. Auch ihr war längst der Geruch bis ins Hirn gestiegen, hatte sie dort in der Zeit zurückversetzt, sowie ihre Erregung stark angehoben.

Ebenfalls ein wenig im Rausch, holte sie immer weiter aus, schlug in Richtung seines nackten Hinterns um zugleich zu beobachten, wie die schwarzen Lederriemen auf diesen trafen. Das dabei entstehende Geräusch klang äußerst verführerisch. Jedes Mal beobachtete sie, wie er stöhnend den Kopf hob. Langsam begann sich sein Po zu röten. Sie genoss das Gefühl ihrer Macht und auch zu sehen, wie es ihm unter den Peitschenhieben erging. Bei den Spielen von einst hatten die Jungs nie Lust oder Erregung gezeigt, sie standen einfach nur drauf – für sie damals eher unerklärlich. Wohl möglich war es schlichtweg, um Anerkennung beim hübschesten Mädchen ihrer Clique zu erzielen.

Nun schlenderte sie gemächlich um Alex herum, peitschte ihn dann von der anderen Seite mit der Rückhand. Inzwischen bewegte sie sich bei jedem Schlag mit. Sie tanzte beinahe oder ähnelte einer Tennisspielerin. Wie eine solche begann sie allmählich selbst bei jedem Schlag mit zu stöhnen. Bei den Jungs damals konnte sie nie sehr zuschlagen, es durften ja keine Spuren entstehen! Jetzt aber war das was anderes. Längst hielt sie sich nicht mehr zurück. Ein Hieb gab den Nächsten. Mal dicht gefolgt, mal mit einer kleinen Pause.

Alex: „Ahh! Auuaa!" schönte er, mittlerer Weile fast schon jammernd. Inzwischen taten die Peitschenhiebe recht weh, zumal er bestimmt schon drei Dutzend davon kassiert hatte. Doch andererseits wollte er das Ganze noch nicht stoppen. Zu geil war der Anblick wie sie Peitsche schwingend herumtänzelte, dabei die selbst kreierte Gummischürze schwang. Zu erregend waren die Gedanken daran, die Erlebnisse von einst noch einmal erleben zu dürfen. Zu interessant war das Spiel an sich, zu außergewöhnlich, unbeschreiblich, surreal, bizarr. Da musste er den Schmerzen einfach so lang es irgendwie ging trotzen. Wer weiß, wann er einmal wieder die Gelegenheit zu so einem Spiel bekommen würde!

Bereitwillig streckte er nach jedem Hieb sein Arsch erneut heraus. Dabei biss er inzwischen schon die Zähne zusammen – jetzt wusste er, was die Leute mit SM-Neigung daran fanden, warum sie es sich antaten. In dem Kissenstapel, über dem er lag, bohrte sich unterdessen sein harter Ständer. Die ausgesprochen warme Maisonne ballerte durchs offenstehende Fenster auf ihn herein. Die Wärme begünstigte das ganze Auspeitschspiel natürlich sehr – er war dadurch entspannt und die Schläge waren "angenehmer". Zudem hatte er das Gefühl, irgendwo im Freien zu sein. ... Und er mochte es Outdoor.

Beatrice: Sie konnte gar nicht genug davon bekommen ihn zu peitschen, sein Stöhnen zu hören, seine Körpersprache zu beobachten. Das Klatschen der Peitsche war ein wirklich geiles Geräusch – es erregte sie mehr und mehr. Sein Arsch hatte sich inzwischen gerötet. Nachdem sie bei den ersten Hieben noch eine gewisse Zurückhaltung, Vorsicht und Scham empfand, war inzwischen alles verflogen. Sie war bereit weiter zu gehen – bereit für jede Schandtat, jedes Spiel und Experiment welches sie sich als Kinder nie getraut hätten.

Nachdem sie ihn mehr als fünf Minuten hinter einander weg gepeitscht hatte, stoppte sie. Kurz streichelte sie mit ihrer Hand über seinen Po. Dieser war ziemlich warm. Vor sich hin schmunzelnd legte sie die Peitsche bei Seite. „Okay, jetzt, wo wir warm geworden sind, können wir ja dort weiter machen, wo wir beim vorletzten Mal aufgehört haben", kündigte sie an. Hierfür holte sie das nächste Utensil aus ihrer Einkaufsbox. Es handelte sich dabei um Strawberry-Kiwi-Gleitgel. Mit einem Klaps auf seinen geschundenen Hintern sagte sie: „Po raus und entspannen!"

Alex: Bei den Worten, wie auch dem Gleitgel – welches er aus den Augenwinkeln sah – zog sich sofort sein Magen zusammen. Er wusste augenblicklich, was sie vorhatte und dies bescherte ihm ein gewisses Kribbeln im Bauch. Abermals fühlte er sich in der Zeit zurückversetzt. Dieses Gefühl kannte er noch gut aus seiner Jugend. Es tauchte immer dann auf, wenn etwas Aufregendes, Neues – meist sexuell Neues – passierte. ... Das erste Mal als sich Beatrice das Gummilaken umband um ihn in dem alten, leerstehenden Campinganhänger mit einem Birkenzweig auszupeitschen, der erste Kuss, das erste Mal als sich ein Mädchen vor ihm nackt auszog, das erste Mal als ihm ein älteres Mädchen ganz unverhofft hinter einem Busch am Baggersee einen Blowjob gab und so weiter.

Rasch machte er es sich bequem, streckte seinen Po noch etwas mehr heraus, versuchte sich so gut es ging zu entspannen und wartete neugierig ab, was nun folgen sollte.

Beatrice: Inzwischen hatte sie sich einen guten Schuss von dem Gleitgel auf die Finger gegossen. In der Position, die Alex eingenommen hatte, lag sein Arschloch bereits wie auf dem Präsentierteller – sie brauchte seine Backen nicht mal auseinander zu ziehen. Gezielt verteilte sie das Gel auf und um seine Rosette. Ein klein Wenig auch in dieser, indem sie mit ihren Fingern millimetertief eindrang.

Alex: Ihn durchlief ein Schauer, als er die kühle Flüssigkeit auf seinem Hintertürchen spürte. Hilfe war das abgefahren! Hilfe war er aufgeregt!

Beatrice: Sie sah seine Gänsehaut, als ihr Zeigefinger zur Hälfte in seinem Po steckte. Für einen Moment ließ sie ihn dort verweilen, erfreute sich an seiner Reaktion. Dann zog sie ihn heraus und bereitete den nächsten Schritt vor. „Kannst du dich erinnern, dass wir früher auch mal Doktorspiele gemacht hatten?"

Alex: Allerdings konnte er sich daran erinnern, jetzt wo sie grinsend danach fragte. Stimmt, die Phase hatten sie auch mal, als sie in diesem Campingwagen am Waldesrand derartiges gespielt hatten. Diese Spielchen hatten zwar noch relativ wenig Sexuelles, aber waren doch irgendwie aufregend und übten eine gewisse Anziehung auf alle Beteiligten aus. Soweit er sich erinnerte, war das Limit dieses Spieles damals eine Situation, in der er den Doktor spielte und ihr die Jogginghose ein Stück weit herunterzog, um so zu tun, als würde er ihr eine Spritze in den Po geben. Bei dem Gedanken musste er innerlich lachen. Das waren noch Zeiten! ... Das Lachen verging ihm jedoch gleich wieder, als er sah, was Beatrice beabsichtigte.

Beatrice: Im Sexshop hatte sie unter anderem auch eine "Wet & Horney Intimdusche", in Form einer 200 Milliliter fassenden Doktorspritze gekauft. An dieser befand sich statt einer Nadel ein 10 Zentimeter langer Aufsatz. Dieser sah zwar etwas nach einer Nadel aus, war aber lediglich ein dünnes, nicht angespitztes Silikonröhrchen. Auf dem Tisch neben ihnen Stand ein Glas mit Wasser, welches sie vorab mit entsprechendem Hintergedanken dort platziert hatte. Nun tauchte sie die Spitze dieser Spritze hinein und zog diese langsam auf.

Alex: Das Glas stand so perfekt auf dem Tisch, dass er das Schauspiel erstklassig mitverfolgen konnte. JETZT kribbelte es richtig in seinem Bauch. Wirklich richtig. Etwas Derartiges hatte er nicht im Ansatz erwartet. Zugleich war ihm klar, dass es die verdiente Revanche für die eine gewisse Doktorspiel-Aktion war, bei der er für damalige Verhältnisse zu weit gegangen sein durfte.

Beatrice: Als die Spritze bis zum Anschlag aufgezogen war, hielt sie diese hoch in die Luft, um wie eine Krankenschwester die überflüssige Luft darin hinaus zu spritzen – diese Aktion musste einfach sein, dachte sie grinsend, auch wenn sie eigentlich völlig unnötig war. Natürlich übertrieb sie, sodass ein kleiner Schuss Wasser mit aus der Spritze schoss. Dieser landete auf ihrem umgebundenen Gummilaken und lief langsam daran hinab. Fast so, als hätte jemand darauf abgespritzt. Unterdessen schlenderte sie wieder hinter Alex, um ihm nun die lange, dünne Plastikspitze in den Po einzuführen. Langsam schob sie ihm diese hinein, bis zum Anschlag. Dann begann sie das Wasser in ihn zu spritzen.

Alex: Als sie die Plastiknadel in seinen Po schob, merkte er es kaum. Es war lediglich ein leichtes, angenehmes, erregendes Kitzeln. Es erinnerte ihn irgendwie an seine frühe Kindheit und das Fiebermessen. Kurz darauf spürte er wie es feucht wurde. Etwas Kühles, flüssiges verteilte sich in seinem Arsch. Auch dies hatte was! Etwas durchaus Angenehmes und definitiv sehr Aufregendes.

Beatrice: Nachdem die Spritze leer war, wieder holte sie das Ganze noch einmal.

Alex: Es fühlte sich zwar immer noch gut an, aber am Ende spürte er einen zunehmenden innerlichen Druck. Kaum hatte sie die Spritze wieder herausgezogen, griff sie zu einem kleinen, dünnen Butt-Plug und führte ihm diesen ein. Da dieser relativ schlank war, merkte Alex nicht, dass er ein wenig dicker ausfiel als Beatrices Daumen. Trotzdem konnte sie dieses Spielzeug mühelos in ihm versenken. Für ihn fühlte es sich nicht viel anders an, als der Finger beim vorletzten Mal.

Beatrice: Bei der zweiten Spritzenrunde hatte sie um einiges mehr Wasser auf die Gummischürze bekommen, was sie jetzt bemerkte. Sie wischte dieses einfach breit und damit glänzte nun ein Großteil des roten Gummilakens in der Sonne. Sie merkte, wie es seine Blicke anzog. Was mochte er wohl gerade denken, fragte sie sich, während sie erneut zur Peitsche griff.

Nachdem er sich ein wenig hatte ausruhen dürfen, war es jetzt nochmals Zeit für ein paar Hiebe, dachte sie sich. Mit der gleichen Intensität wie bereits zuvor peitschte sie abermals seinen Po. Nur ließ sie diesmal zwischen den einzelnen Schlägen größere Pausen.

Alex: Von der ersten Tortur erholt, schreckte er zwar durch das laute klatschen der Peitsche hoch, doch es war nicht ganz so schmerzhaft. Noch einmal versuchte er das ganze bewusst zu genießen, auch wenn es wehtat. Jedes Detail der bizarren Aktion wollte er innerlich verewigen. Wie die Lederriemen mit dem unverwechselbaren Geräusch auf seine Pobacken trafen, den Anblick seiner alten Sandkastenfreundin als Domina fast wie einst, all die Gefühle und Gerüche dazu. Nicht zu vergessen der Butt-Plug in seinem Hintern, der das ganze abrundete.

Beatrice: Als sie ihm ein weiteres Dutzend Peitschenhiebe verpasst hatte, stoppte sie das Ganze. Die Peitsche bei Seite gelegt, befreite sie ihn von den Fesseln, danach zog sie vorsichtig den Plug aus seinem Arsch. „Nicht das du denkst, ich bin schon fertig – es geht gleich weiter. Aber vielleicht willst du zuvor erst einmal das Wasser loswerden?!"

Alex: Die Idee kam ihm sehr gelegen. Inzwischen hatte sich der Druck durchaus verstärkt und er musste aufs Klo. So erhob er sich, um auf dem Örtchen im hinteren Teil der Laube zu verschwinden. In der Zwischenzeit setzte sich Beatrice raus auf eine Treppenstufe der Terrasse, wo sie eine rauchte. Als er fertig war, kam er zu ihr und setzte sich – nur in seinen Shorts – neben sie. „Wirklich geile Aktion bis jetzt, auch wenn mein Hintern etwas feuert" verkündete er. „Dass du gleich so weit gehst, hätte ich definitiv nicht gedacht! Was kommt nun noch?", wollte er wissen.

Beatrice: Sie gab ihm die Zigarette, damit er auch mal ein Zug nehmen konnte. „Lass dich überraschen!", grinste sie nur. „Wenn du fertig bist, gehen wir wieder rein."

Er nahm noch einen Zug und schmiss die Kippe bei Seite. Auf dem Weg nach drinnen hörte er sie nur sagen: „Wieder zurück in die Ausgangsstellung, bitte!" So tat er dies, zog seine Shorts aus, kniete sich wieder aufs Bett und beugte sich erneut über den Kissenhaufen.

Beatrice: Sie staunte nicht schlecht, dass er es freiwillig gleich wieder so umsetzte. Hatte er von all den Schlägen noch nicht genug? Ohne zu zögern, griff sie zum Gleitgel. Sie verteilte eine gute Ladung auf seiner Rosette. Diese verstrich sie in einer halben Massage. Anschließend schnallte sie sich ihre Schürze ab und legte das Gummituch ganz ausgebreitet auf den Fußboden vorm offenen Fenster. „Du kannst schon mal herunterkommen und es dir hier unten in gleicher Position bequem machen!", empfahl sie ihm. Unterdessen holte sie das letzte, noch unbenutzte Utensil aus der Einkaufsbox – einen Umschnalldildo!

Alex: Als er sah, wie sie sich den Strap-on umschnallte, fühlte er abermals einen Blitz in seiner Magengrube einschlagen. Einfach unglaublich, was heute hier abging, dachte er. Ob er für so etwas bereit war, wusste er selbst nicht, aber er wollte es erleben. Bereitwillig kniete er sich auf das Gummilaken. Mit leicht gespreizten Beinen beugte er sich vor, um sich auf seine Ellenbogen zu stützen. Genau wie er die Frauen beim Sex am liebsten vor sich hatte, wenn sie es Doggystyle trieben, positionierte er sich nun. Ein wenig komisch kam er sich in dieser Stellung schon vor, doch die Geilheit brodelte derart in ihm, dass alle moralischen Sicherungen längst durchgebrannt waren. In Stellung gegangen, bereit sich von der alten Sandkastenfreundin in den Arsch ficken zu lassen, blickte er wieder hinter sich.

Beatrice: Irgendwie fand sie sich selbst erregend, wenn sie sich so betrachtete. Ihr Oberteil hatte sie abgelegt, um ihm freien Blick auf ihren Busen zu gewähren. Nur die Stiefel und die knackigen schwarzen Lederhotpants hatte sie noch an. Dazu kam jetzt allerdings noch der Umschnalldildo. Sie hatte bewusst einen nicht allzu großen herausgesucht. Gerade einmal 17 Zentimeter Länge sowie etwas über drei Zentimeter Dicke maß er. Doch als sie ihn so an sich hatte, ein Kondom darüber zog und ihn dann mit Gleitgel einrieb ... das hatte schon was! Ein wenig kam sie sich männlich damit vor. Jetzt verstand sie auch ansatzweise, was es bei den Männern für ein Gefühl sein musste, dieses Ding – diese "Waffe" – zwischen den Beinen zu haben. Dann auch noch zu sehen, dass die andere Person wie ergeben vor einem kniet und einem den Arsch entgegenstreckt, bereit die Lanze zu empfangen ... das hatte in der Tat auch etwas sehr Erhabenes, etwas ernsthaft Erregendes! So kamen sich Männer also jedes Mal vor – eine hochinteressante Erfahrung für sie. Kein Wunder also, dass Männer des Öfteren mit dem Schwanz denken und mit Vorliebe von hinten ficken wollten. Sie betrachtete seinen Arsch – Analsex war selbst in der heutigen Zeit und auch für sie etwas nicht Alltägliches. Etwas durchaus Besonderes.

Und in wenigen Momenten würde sie "ihren Schwanz" in seinen Arsch bohren – dies entfesselte nun auch bei ihr ein Kribbeln in der Magengegend.

...Es war wirklich wieder ganz wie damals – einfach nur höllisch aufregend etwas derart Neues, Bizarres, gefühlt Verbotenes zu machen!

Alex: Nun war er echt gespannt! Kaum hatte sie sich hinter ihn gekniet, spürte er ihre Hand auf seinem Rücken. Sie drückte seinen Oberkörper tief herunter, veranlasste ihn ein Hohlkreuz zu machen und damit den Po noch etwas mehr heraus zu stecken. Witzig – dachte er – so hatte er es bei den Damen auch hin und wieder gemacht. Nun fand er sich in deren Rolle wieder. Gleich darauf spürte er die harte Spitze des Strap-on gegen seine Rosette drücken. Das Ding klopfte an seinem Hintertürchen an, bat um Einlass. Entspann dich, rief er sich ins Gedächtnis. Dann fühlte er, wie dieses Ding den Widerstand überwand und dank dessen, dass sie reichlich Gleitgel verwendet hatte, relativ leicht in ihn glitt. „Oh mein Gott!", schrie er sofort auf. Es war einfach unglaublich, als sie diesen Pseudoschwanz ganz in seinen Hintern geschoben hatte. Er musste erst einmal nach Luft schnappen, doch zugleich bekam er vor Geilheit eine Gänsehaut.

Beatrice: Da auch sie sich gerade auf Neuland bewegte, konnte sie sich nicht länger wie eine Domina verhalten, sondern zeigte Emotionen die dem Alter ihrer früheren Spiele nahekam. „He man, ich bin in deinem Arsch! Cool!" rief sie mit einem Grinsen, beinahe wie ein Junge, der seinen Schwanz das erste Mal in die Vulva einer Frau geschoben hatte. „Na, wie fühlt sich das an?" wollte sie wissen.

Alex: „Fühlt sich an, als wenn das Ding riesig wäre und ich eilig aufs Klo muss, aber dennoch irgendwie auch ziemlich geil!" Noch hatte er etwas Mühe, die Gefühle dabei einzuordnen, zu analysieren, das Ganze auf sich wirken zu lassen. Weh tat es schon mal nicht, das war gut.

Beatrice: Den Anblick genießend, wie der umgebundene Dildoschwanz in seinem Arschloch steckte, kam sie selbst aus dem Schwärmen gar nicht mehr heraus: „Oh Mann das sieht echt so geil aus! Wenn ich ein Mann wäre, ich würde es glaube auch immer so machen wollen!" Sie bewegte sich langsam hin und her, beobachtete das Schauspiel ganz genau. Dabei stellte sie sich vor, ein Kerl zu sein, während sie an seiner Stelle wäre. Diesen Typen, der vor ihr kniete, in den Po zu ficken, war das erhabenste, was sie je gemacht hatte! Es übertraf das Gefühl von Macht und Kontrolle, welches sie hatte, als sie ihn ausgepeitscht hat, noch um einiges.

Alex: Während sie sich so mächtig wie nie zuvor vorkam, fühlte er sich so untergeben, so ausgeliefert wie noch nie – aber es hatte was, ganz eindeutig! Das Ganze wurde noch dadurch untermalt, dass sie seinen Oberkörper tiefer nach unten drückte, fast so als sei er ihr noch nicht unterwürfig genug. Dabei drückte sie ihn quasi mit dem Gesicht unmittelbar aufs Laken. Mit der Nase am Gummi sog er nun direkt dessen Geruch in sich auf. Irgendwie war es der Kick schlecht hin. Es machte ihn high, beförderte ihn regelrecht in eine andere Welt – irgendwo zwischen der Vergangenheit, dem Jetzt, wilden Fantasien und Bildern aus bizarren Fetischpornos.

Beatrice: Mittlerer Weile bewegte sie sich nicht mehr nur sanft und langsam, sondern fickte ihn richtig – so wie auch sie immer von den Jungs gefickt wurde. Sie rammte ihren Schoß immer wieder gegen seinen Po, als wolle sie sich revanchieren. „Immer diese harten Stöße in den Arsch! Na, findest du es geil? ... Komm sag, du findest es geil! ... Männer stehen doch aufs Arschficken, jetzt weißt du mal wie das ist! ... Los sag, dass es geil ist!" rief sie.

Alex: „...Ahhhh ...ahhh ...aaa jaaa ...hilfe, das ist in der Tat geil ... Hilfe ...ahhhh ... irre ..." stöhnte er nur so heraus unter ihren Stößen. Erst ausgepeitscht, dann anal vergewaltigt, dachte er – zu weiteren klaren Gedanken war er nicht mehr in der Lage. Dass ihn so etwas heute erwartet hätte er nicht gedacht und noch weniger, dass es so geil sein würde. Gerade hatte er begonnen mit einer Hand seinen Schwanz zu wichsen, der ohnehin seit Beginn dieser Nummer steinhart war. Die Kombination dessen mit ihren Stößen in seinen Arsch katapultierte ihn regelrecht in den Orbit. Etwas Geileres hatte er noch nie erlebt! Er hätte auch nie gedacht, dass etwas existiert, was für ihn derart erregend sein kann.

Beatrice: „He lass die Wichsgriffel von deinem Schwanz! Vielleicht holst du dir nebenbei einen runter?! Jetzt fick' ich dich und wenn dir das nicht passt, hol' ich noch mal die Peitsche!" rief sie, ihre Macht nun wirklich auskostend.

Alex: Es kostete ihn größte Überwindung seinen Schwanz wieder loszulassen. Das Gefühl war einfach zu geil. Dennoch gehorchte er. Unterdessen hatte sie an Tempo um einiges zugelegt und stöhnte inzwischen auch, denn es gab da etwas, was er nicht wusste.

Beatrice: Auf der Innenseite ihres Strap-on's befand sich ein kleiner Lustknubbel, der durch ihre Lederhotpants genau auf ihren Kitzler drückte und diesen perfekt massierte. So war dies nicht nur Arbeit, sondern auch Vergnügen für sie. Und langsam aber sicher sogar ein recht Großes! Es fühlte sich beinahe so gut an, wie wenn sie es sich selbst mit der Hand machte. Dazu in diesem ganzen hoch erregenden Spiel, mit diesem irre geilen

Anblick – das war sogar noch besser als jede klitorale Selbstbefriedigung!

Lang brauchte sie das Spiel nicht fortzusetzen, bis es ihr schließlich kam. Ein schöner klitoraler Orgasmus, welcher sie zittern, stöhnen und in seine Hüften krallen ließ.

Alex: die Spitze des Strap-on stimulierte bei den Stößen heftig seine Prostata. Kombiniert mit der wahnsinnigen Erregung durch das ausgefallene, äußerst geile Spiel, seinen versauten Gedanken und das neue, sehr aufregende Gefühl in seinem Anus führte schließlich dazu, dass auch er ohne weiteres hinzutun zum Orgasmus kam. Er kniete einfach da, mit weit in die Luft gestrecktem Arsch, das Gesicht aufs Laken gedrückt, die Augen zusammen gekniffen, den Mund weit aufgerissen, die Arme neben ihm am Boden liegend, laut stöhnend und wurde gefickt. ... Bis plötzlich eine nicht enden wollende Menge Sperma aus seinem steifen Schwanz schoss und emsig aufs Gummi tropfte. Nun war er es, der sich versuchte irgendwo festzukrallen, der zitterte, zuckte, keuchte.

Schließlich sank er zu Boden. Ihr Vorbindepenis rutschte dabei aus seinem Arsch. Völlig hin und weg blieb er flach auf dem Bauch in seiner Spermalache liegen.

Beatrice: Sie hatte es tatsächlich geschafft, ihn zum Höhepunkt zu ficken – irre! Und jetzt lag er da wie vergewaltigt und misshandelt. Sie lachte.

Ihren Strap-on wieder abgeschnallt, begann sie aufzuräumen. Der Weile kam auch er langsam wieder auf die Beine.

Alex: „... Einfach nur der Hammer!" gab er von sich. „Das war echt der Wahnsinn, was für eine Aktion!" Bei aller wilder Fantasie, aber dass sie heute etwas Derartiges abziehen, hätte er nie für möglich gehalten. Nun half er ihr beim Aufräumen. Nebenbei kam er sich fast vor wie ein neuer, anderer Mensch – war er doch jetzt um zwei sehr interessante, bedeutende Erfahrungen reicher. Zudem war es so gut, so faszinierend gewesen, dass er dies bestimmt bald wiederholen wollte. Oder zumindest weitere ähnliche Erfahrungen machen wollte.

Wenig später saßen beide mit einem weiteren kalten Bier auf der Terrasse vor der Laube ...

Beatrice: „Freut mich, wenn es so geil für dich war. Für mich war es das auch! Zum einen die Sache an sich." Sie berichtete ihm von dem erhabenen Machtgefühl, welches sie empfunden hatte. „Zum anderen, weil es echt super erregend war zusehen, wie du dabei abgehst ... und zu wissen, dass ich daran schuld bin. Wir können uns ja immer mal wieder treffen und bissel derartige Spielchen machen! Aber wenn, dann bin ich das nächste Mal wieder dran was abzubekommen!" Sie zwinkerte.

Alex: „Nichts lieber als das, ich hab auch gerade richtig Blut geleckt. Na ja, schauen wir mal, wann es wieder passt und was wir Schönes anstellen könnten."

Darauf stießen sie an. ... Ebenso auf die neue, hochinteressante Erfahrung, die jeder in der Rolle des Anderen gemacht hatte. Dabei sinnierte Beatrice, es sich später auch noch einmal selbst zu besorgen. Vielleicht würde sie sich dabei auch etwas in ihren Hintern stecken. Irgendwie hatte sie Lust bekommen selbiges Gefühl zu erleben.

Teil 5:
Die Lost Place Revanche

Inzwischen waren beinahe drei Wochen ins Land gegangen seit ihrem letzten Abenteuer. Zwar hatten sich Beatrice und Alex in der Zeit einige Male getroffen, aber wenn dann eher nur auf ein Eis oder zum Quatschen. Doch seit der geilen Aktion in der Gartenlaube ist nichts Derartiges mehr gelaufen.

Mittlerer Weile verwandelte sich der Frühling langsam zum Frühsommer. Die Temperaturen kratzten bereits an der 30 Grad Marke. Seit einigen Tagen herrschte wieder reger Chatverkehr zwischen den Beiden. Es wurde Zeit erneut etwas Abgefahrenes zusammen zu unternehmen. Sie einigten sich auf einen Nachmittag Anfang der Woche, an dem Alex frei und Beatrice zeitig Feierabend hatte.

Diesmal waren sie auf die Idee gekommen, an einen der Orte zurückzukehren, an dem sie im Teeny-Alter zu Abenteuern unterwegs waren. Zudem wollte Beatrice ihren Fotoapparat mitbringen, um diesmal ein paar Szenen der Aktion festzuhalten ... was auch immer sie dabei anstellen würden.

Gegen Mittag trafen sie sich und fuhren mit Beatrices Fiesta die 30 Kilometer in ihre frühere Heimatstadt. Am Nordrand der Kleinstadt parkten sie auf einem Feldweg und gingen zu Fuß auf einem alten Bahndamm entlang, welcher schon lange keine Gleise mehr beheimatete. Einst war es die Lieferzufahrt zu einem alten Heizkraftwerk. Dieses stand seit fast 20 Jahren leer. ... Damals in den ersten Jahren nach der Schließung war es ein grandioser Abenteuerspielplatz für die Kids ihrer Clique. Ein verbotener Ort mit magischer Anziehungskraft! Und in gewisser Weise hatte sich das nicht geändert. Sie kamen an das immer noch verschlossene Tor. Damals, als noch Gleise lagen, konnte man bequem neben dem aufgeschütteten Bahndamm unter dem Tor hindurchkriechen. Heute, wo es keine Schienen mehr gab, war dies freilich noch leichter. So gelangten sie spielend auf das alte Kraftwerksgelände. Ihr Weg führte sie entlang des Entladeplatzes für die Kohle. Einst stand hier ein großer Kran, auf dem sie damals öfters herumgeklettert waren. Es wäre heute sicher ein guter Spielplatz für ein paar Sexspielchen, sinnierte Alex. So ein Nümmerchen in der Krankanzel hätte schon was gehabt.

Schließlich kamen sie zu dem alten Kesselhaus. Beatrice sah die Jungs vor ihrem geistigen Auge Fensterscheiben einwerfen, als sei es erst gestern gewesen. Dann erinnerte sie sich an die Spielchen, die sie sonst noch so hier getrieben hatten und fing innerlich zu grinsen an. Sie betraten das alte Kesselhaus – die Zeit schien hier echt stehen geblieben zu sein. Einen Moment lang sahen sie sich um, dann einander an.

Alex: „Verrückt, hätte nicht gedacht, hier noch mal herzukommen! ... Was schwebt dir vor hier zu machen?"

Beatrice: „Hätte ich auch nie gedacht, bis du diesen Ort erwähnt hast. Ich fand den damals schon aufregend! Und wenn ich so an manch Erlebnis denke ... Ich dachte mir irgendwie noch mal so etwas zu machen, aber das ganze gleichzeitig fotografisch festzuhalten. Als kleine Erinnerung an die Remakes unserer einstigen Abenteuer sozusagen." Dabei erinnerte sie sich an die Momente, in denen sie sich hier drinnen in zwei Grüppchen aufgeteilt und gegenseitig gejagt hatten. Natürlich wurden dabei Gefangene gemacht, die man dann öfters spielerisch malträtierte. Beatrice fiel da sofort die Szene ein, als man sie bei einem dieser Spiele in einem Büroraum an den Stuhl band. Dann ärgerten die Jungs sie mit Brenn-nesseln – eines der wenigen Male, dass sie in der Opfer-rolle war. Allerdings wusste sie auch noch recht gut, als sie einen der Jungs aus der "feindlichen" Gruppe in ei-nen Kleiderspind gesperrt hatte, ihm Schläge mit ihrem Jeansgürtel androhte, um so herauszufinden, wo sich der Rest versteckte. „... Ich dachte daran, etwas in der Art von früher zu machen. Irgendwas mit fesseln und so bissel Richtung unserer damaligen Auspeitschspiele."

Alex: „Klingt gut! Schauen wir mal, wo 'ne passende Ecke dafür ist."

Gemeinsam gingen sie durch das leere Kesselhaus. Durch die großen, zerlöcherten Fenster schien die Sonne herein. Überall lagen Scherben und der typische Geruch eines solchen Ortes hing in der Luft. Beim Her-umschauen sah er ein fein säuberlich aufgewickeltes Seil auf einem Haken neben einer alten, verschlossenen Stahltür. „Da haben wir ja schon mal ein nützliches Uten-sil", stellte er fest und nahm es an sich.

In einer vom Sonnenlicht gefluteten abgelegenen Ecke des Kesselhauses verliefen zwei dicke Heizrohre in zirka drei Metern Höhe und verschwanden in einer Wand. „Stopp!", sagte Beatrice. „Das ist perfekt." Sie zeigte auf die Rohre. „Wenn wir das Seil darüber werfen, könnte man sich hier hinstellen, die Hände hoch gefes-selt und dann coole Bilder einer Auspeitschszene ma-chen. Die Lichtverhältnisse sind ideal und der Hinter-grund kommt auf Bildern bestimmt gut. Was meinst du?"

Alex: „Ja, keine schlechte Idee." Sogleich stellte er den mitgebrachten Rucksack ab. Während er sich daran machte, das Seil über die Rohre zu werfen, holte Jan-nette ihre Olympus Kamera heraus. Ein Stativ hatte sie auch eingepackt, welches sie nun in ein paar Metern

Entfernung aufstellte. Durch ihre Kamera blickend – um diese genau auszurichten – beobachtete sie Alex, der am herunterhängenden Seil eine Schlaufe machte, in die einer von beiden anschließend die Hände stecken könnte. Wieder bekam sie einen Flashback. Es war die Erinnerung an noch ganz andere Szenen, die sie einst spielten.

Beatrice: „Warte mal! ... Weißt du an was mich das gerade erinnert?"

Alex: „Sicher nicht ans Bergsteigen nehme ich an?!"

Beatrice: „Nein! Eher an die Galgenspielchen die wir mal eine Zeit lang gemacht hatten. Weißt du noch?" ... Bei den Mittelalterspielen, bei denen sie meist Prinzessin und dominante Herrscherin mit Vorliebe fürs Bestrafen ihrer Gefangenen war, wurden die Opfer nicht nur mit selbstgebastelten Peitschen verhauen, sondern manchmal auch gespielt "aufgeknüpft".

Alex: Jetzt dämmerte es auch ihm wieder. In seinen Erinnerungen erschienen Szenen, wie einer der Jungs auf einem Ziegelstein unter einem Vogelbeerbaum stand, einen dünnen Strick um den Hals, welcher an einem Ast angebunden war. Sie saß gespielt arrogant auf einem Thron aus Holzkisten und rief „Henker walte deines Amtes". Er fuhr sich prompt mit der Hand durch die Haare: „Oh mein Gott, ja! Diese Aktionen hatte ich ganz vergessen. Aber jetzt, wo du es sagst ..." Er wusste nicht, warum sie damals diese Spielchen so reizvoll fanden. Vermutlich lag es einfach am Reiz des Ausgefallenen und Verbotenen sowie der sexuellen Erregung, die dabei entstand – obgleich sie einst damit noch nicht umgehen konnten.

Beatrice: „Ich weiß nicht mehr warum wir das gespielt hatten, aber irgendwie hatte es was. ... So eine gewisse Anziehung, die man nicht beschreiben kann." Sie sah, wie er nickte, so schlug sie vor: „Vielleicht machen wir auch noch ein paar Fotos in dieser Richtung?! Allerdings weiß ich nicht, wie man eine Schlinge macht. Diesbezüglich haben wir ja früher schon erfolglos herumgerätselt."

Alex: „Das mit den Bildern ist eine gute Idee. Wobei ich auch nicht weiß, wie man den Knoten macht. Doch inzwischen haben wir ja das Mittel, was uns einst fehlte, ... befragen wir doch mal Google!" Er zückte sein Smartphone. Einen Augenblick später meinte er: „Ah ich hab's, mal probieren!" Das Smartphone auf den Betonboden gelegt, hockte er sich daneben und band den Henkersknoten. Gleich der erste Versuch gelang. „He, der ist ja eigentlich super leicht. Sieht doch gut aus!"

Beatrice: Während sie den Fotoapparat so einstellte, dass er alle paar Sekunden ein Bild schießen würde, umso automatisch eine schöne Fotoserie zu bekommen, blickte sie zu ihm. Als sie die perfekt aussehende Schlinge sah, zog sich ihr Magen kurzzeitig zusammen. Ein Gefühl der Aufregung zuckte durch ihren Körper. Unterdessen war sie mit der Einrichtung ihres Fotoapparats fertig.

Alex: Er zog die Schlinge hoch bis auf die richtige Höhe und band dann das Seil an einer anderen Rohrleitung am Boden fest. „Wer fängt an?", fragte er danach.

Beatrice: „Ich will als Erstes!", rief sie sofort. Früher hatte sie immer nur zugesehen, doch auch auf sie hatte es eine gewisse Anziehungskraft ausgeübt. „Gib mir mal deinen Gürtel", bat sie ihn. Mit fragenden Blicken zog er diesen aus seiner Jeans und reichte ihn seiner alten Jugendfreundin. Beatrice nahm ihre Hände auf den Rücken und umwickelte diese dort mit dem Gürtel. Im Nu war sie selbst gefesselt. Zwar so, dass sie sich jederzeit mit Leichtigkeit selbst befreien könnte, doch authentisch sah es allemal aus. Dann bat sie Alex noch den Fotoapparat auszulösen. Während ihre Kamera nun anfing alle 5 Sekunden ein Bild zu machen, schlenderte sie, die Schlinge musternd, einmal langsam um das herunter hängende Seil.

Alex: In einem ersten Anflug leichter Erregung betrachtete er das Schauspiel. Heute hatte sie sich nicht besonders zurechtgemacht, dennoch sah sie in diesem Moment sehr scharf aus – natürlich scharf – fand er. Sie trug ein ärmelloses Oberteil, einen schlichten knapp knielangen Stoffrock – alles in schwarz – und Absatzschuhe. Schließlich blieb sie hinter der Schlinge, mit Blick zur Kamera, stehen. Sofort erkannte er die Situation und ging zu ihr. Langsam griff er zum Strick, zog die Schlinge auf, legte ihr diese um den Hals, zog ihre Haare heraus und die Schlinge zusammen. Anschließend trat er bei Seite.

Beatrice: Was für einen abgefahrenen Blödsinn taten sie hier eigentlich? Dieser und ähnliche Gedanken schossen ihr kurz durch den Kopf. Zugleich fand sie es aber auch total aufregend. All die Erinnerungen an früher kamen wieder in ihr hoch. Die Faszination, die auch sie damals an diesen Spielchen hatte. Mit einem Schlag war diese Faszination zurück und die Gedanken hier etwas total Bizarres zu machen, vollkommen verdrängt. Einen Augenblick noch stand sie einfach steif da – gab der Kamera die Gelegenheit ein paar weitere Bilder von dem abstrakten Moment zu schießen, dann ging sie in die Knie. Weit kam sie nicht, bis sich das Seil straff zog. Leicht hing sie sich hinein, spürte, wie es ihr begann, die Luft abzuschnüren. Ihr Herz klopfte, Adrenalin schoss durch ihre Adern, ihr Kitzler begann ein wenig zu jucken. Zugleich bekam sie einen leichten Rausch. Sie wand sich etwas herum, drehte sich um ihrem Fotoapparat interessante Motive zu liefern. Die Umgebung nahm sie zunehmend in Trance wahr, hörte das Klicken der Kamera wie in hallender Ferne.

Alex: Das Schauspiel beobachtend bekam er einen Steifen. Es hatte was – was genau es war, wusste er nicht. Keine Ahnung, warum es ihn erregte, zuzusehen, wie sie gespielt hing. Ein irgendwie geiles Bild war's aber schon. Sie mit ihrem leichten Gotik-Touch und den auf den Rücken gebundenen Händen. Auf diese Fotos war er schon gespannt! Schließlich bemerkte er aber, dass sie zunehmend dem ganzen entschwebte. So griff er ein. Dies sollte schließlich kein Choking Game sein, sondern nur eine spezielle Fetisch-Fotosession.

Beatrice: Als sie wieder zu sich kam, kribbelte es am ganzen Körper. Sie hatte vor lauter Faszination nicht bemerkt, wie weit sie gegangen war. Gut, dass er reagiert hat. Während er sie aus der Schlinge befreite, löste sie ihre eigenen Handfesseln. „Wow, das war schon krass ..." meinte sie und sammelte sich. „Mal sehen, wie die Bilder aussehen!" Sie lief zu ihrer Kamera, um sie sich anzusehen. „Hammermäßig!", kommentierte sie knapp. Als Alex herankam, um diese ebenfalls zu begutachten, stoppte sie ihn: „Später! Jetzt bist du erst einmal dran! Aber ich will nicht nur paar Fotos mit dir, ich will das richtig spielen, wie damals ... Geh mal da hinten in den Raum und warte dort, bis ich dich hole."

Die Idee, nicht nur trocken Fotos zu machen, sondern ein kleines Rollenspiel draus zu inszenieren, fand Alex gut. Also ging er den Gang, welcher an der Stelle vom Kesselhaus abging, entlang. In den ersten Raum bog er ein. Beatrice justierte eben noch einmal die Kamera nach, da kam er aus dem Raum heraus. In seiner Hand hielt er etwas Langes, Hellgraues.

Alex: „Schau mal, was hier hing! Das könnte doch fast mit Verwendung finden?"

Beatrice: Sie blickte auf. „Was ist das?" Als er es ausbreitete, erkannte sie die Latzschürze. „Oh cool!", reagierte sie, ging zu ihm und nahm ihm diese aus der Hand. „Du gehst in den Raum. Dort wartest du!" befahl sie nochmals. Noch einmal brachte sie den Fotoapparat in Bereitschaft, dann sah sie sich die gefundene Schürze näher an. Es war eine lange Kunstlederschürze. Kurz dachte sie nach, dann zog sie ihr Oberteil sowie ihren BH aus. Zögernd hängte sie sich die Schürze um den Hals. Die Oberkante reichte fast über ihre Brüste, die Unterkante ging ihr bis zur Hälfte der Schienenbeine. Das Material hatte was, wenn sie so darüber strich. Zudem sah sie darin sicher herrlich bizarr aus auf den Bildern. Nicht so langweilig wie in ihrer Kleidung. So verschnürte sie die Schürze überm Po. Zudem holte sie noch ein Paar Lederhandschuhe aus dem Rucksack. Diese hatte sie als kleines zusätzliches Accessoire für das Fotoshooting eingepackt. Die Handschuhe angezogen sowie seinen Gürtel – der noch am Boden lag – mitgenommen, ging sie zu Alex. Auf dem Weg dahin rief sie: „Zieh dein T-Shirt aus!" Nebenbei betrachtete sie sich beim Laufen in dieser Schürze. Noch besser als die aus einem Gummilaken improvisierte Schürze beim letzten Mal, fand Beatrice.

Alex: Nicht schlecht staunte er, als sie in dieser Schürze um die Ecke kam. Den Gürtel hielt sie dabei wie ein Schlagwerkzeug in der Hand. Oh ha, was hatte sie nun vor – fragte er sich. Zugleich erregte ihn der Anblick.

Beatrice: „Deine Henkerin ist da!", grinste sie, wurde aber so gleich wieder tot ernst. „Rumdrehen und mit dem Gesicht an die Wand!", befahl sie. Er gehorchte. Sie ergriff seine Hände und band ihm diese mit dem Gürtel auf den Rücken. „Okay, ab Marsch du Schwein, der Galgen wartet!" In ihren eigenen Ohren klang es genau wie damals, als sie diese verrückten Spiele machten.

Gemeinsam gingen sie den kahlen, heruntergekommenen Gang entlang, zurück in die Kesselhalle, wo die Schlinge von den Rohren herab hing. Ihm kam es wohl vor wie eine Filmszene, als sie ihn an den Oberarmen packte und genau an die richtige Stelle manövrierte. Erst jetzt bemerkte er ihre Lederhandschuhe. Die Erregung stieg weiter. Unterdessen tat sie es wie er zuvor: nahm die Schlinge, zog sie auf, legte sie ihm um, zog sie zu. Dabei stand sie teilweise so dicht hinter ihm, dass er das Material ihrer Schürze auf dem nackten Rücken spüren konnte. Fast schien es als drückte sie einen Moment lang ihren Schoß leicht gegen seinen Po. Im Hintergrund klickte der Fotoapparat im Fünf-Sekunden-Takt, um alles festzuhalten. Als sie fertig war, trat sie bei Seite. „Noch irgendwelche letzten Worte?", fragte sie.

Alex: „Ja! Ich will dich noch mal ficken bevor ich ins Jenseits aufbreche!" grinste er mit sprichwörtlichem Galgenhumor.
Beatrice: „Schweig!", rief sie, obgleich es eine durchaus verlockende Ansage war.

Alex: „Verdammt, nicht mal mehr einen letzten Orgasmus, bevor ich diese Welt verlasse ..."

Beatrice: Ein wenig musste sie über seinen Situationshumor schmunzeln. Dann machte sie es beinah wie früher. „Walte deines Amtes Henkerin", sagte sie zu sich selber. Während damals das Spiel an dieser Stelle meist beendet war – was sollte auch noch kommen – ging Beatrice nun hinüber, dahin, wo das Seil befestigt war. Sie lockerte es, zog es so weit es ging an und band es wieder fest.

Alex: Im Gegensatz zu ihr musste er nicht in die Knie gehen, sondern fast auf Zehenspitzen stehen, dennoch spürte er wie der Strick um seinen Hals zog. Zugleich sah er aus den Augenwinkeln, wie sie um ihn herum kam. Erhobenen Hauptes, wie eine echte Herrscherin, stolzierte sie. Ihre lange Schürze schwang dabei um ihre Beine. Es sah bizarr geil aus. Dadurch, wie auch durch die leichte Strangulation, steigerte sich seine Erregung. Aus der Regung in seiner Jeans wurde eine harte Latte.

Beatrice: Ihr entging die Beule in seine Hose nicht. Obwohl es für die Fotosession eigentlich reichte, beschloss sie, das Spiel noch nicht abzubrechen. Seine letzte Aussage hatte ihr zu denken gegeben ... sie auf neue Ideen gebracht. Zudem sah auch für sie das Bild einfach nur geil aus. Wie ihr alter Freund hier so "abhing", völlig wehrlos, die Hände auf den Rücken gefesselt, mit freiem Oberkörper. Der Ansatz seines Sixpacks glänzte schwach im hereinfallenden Sonnenlicht. So ging sie wieder dicht an ihn heran, rieb sich leicht an seiner Seite. Sachte strich sie mit der flachen Hand über seine Brust. Erst hoch, dann wieder hinab und schließlich über die Beule in seiner Hose. Im Anschluss schob sie die Hand sogar ein Stück in seinen Hosenbund. Trotz dass er reflexartig den Bauch einzog, um ihr mehr Platz zu verschaffen, kam sie nicht weit genug hinein. Kurzerhand öffnete sie seine Jeans, welche sie dann halb herunterzog. Seine Shorts folgten. Dann drehte sie ihn um eine Viertelumdrehung, um der Kamera das Profil und damit eine bessere Perspektive zu geben. Oh, das werden interessante Fotos, sinnierte sie. Sein Ständer war prall, knochenhart, vollends entfaltet. Sie spuckte in ihren rechten Handschuh, bevor sie seinen Schwanzschaft packte. Ihn fest umschlossen begann sie ihre Hand langsam hin und her zu bewegen. Ganz langsam!

Alex: Was für eine scharfe Aktion schwärmte er innerlich. Es war nicht nur heiß, es fühlte sich auch noch selten geil an. Von solch einer Szene hätte er bislang nicht mal zu fantasieren gewagt. Es war einfach irre wie sie in diesem Moment und mit dieser gewissen Anmut seinen Schwanz wichste. Lang würde sie das nicht tun müssen bis er explodiert, ging ihm durch den Kopf.

Beatrice: Sie konnte seine steigende Erregung spüren, was auch ihr einen kleinen Kick gab. Daher beschloss sie weiterzugehen, ihre Fantasie in die Tat um zu setzen, der Kamera ein Highlight zu bieten, ihn fertig zu machen – ihm den Rest zu geben! ... Erst stellte sie sich genau vor ihn, rieb sich und ihre Schürze an ihm – besonders an seinem Schwanz. Dann ging sie langsam tiefer, bis sie vor ihm kniete. In ihre Handschuhe gespuckt, begann sie sein bestes Stück zu reiben. Als Nächstes leckte sie an dessen Unterseite entlang, um gleich darauf seine Eichel zu küssen.

Alex: Einfach nur irre, dachte er. Zudem sah es so hammermäßig aus, wie sie in diesem bizarren Outfit vor ihm kniete und seine Männlichkeit mit den Händen genüsslich verwöhnte. Ja, dies war definitiv der bizarrste, abgefahrenste Handjob seines bisherigen Lebens! Es brachte ihn zum Brodeln. Allmählich spürte er, wie ihm der Strick die Luft und Blutzufuhr drosselte. Ihm wurde es immer heißer. Langsam geriet auch er in eine Art Trancezustand. Doch das verrückte an der ganzen Sache: es machte ihn noch um einiges geiler. Fast glaubte er, sein Schwanz würde aufgrund des Sauerstoffmangels zu einer nie mehr erweichenden Stange aus Kruppstahl. Aber so weit kam es nicht! Bereits im nächsten Augenblick setzte das grandiose Kribbeln ein, welches den Orgasmus ankündigt. Er wand sich herum. Seine Beine wurden weich, doch nachgeben konnten sie nicht, wenn er weiter atmen wollte. Halb weggetreten und völlig in Ekstase kam es ihm. Im hohen Bogen spritzte er ab. Der erste Schuss traf Beatrice im Gesicht. Der ganze, überaus reichliche Rest, klatschte hörbar auf ihre Schürze.

Beatrice: Na, das war doch mal geil! Genauso hatte sie es sich kurz zu vor in ihrer Fantasie ausgemalt. Es sah einfach nur abartig gut aus als er abspritzte, stellte sie fest. Zudem erregte es sie. Der Geruch des frischen, warmen Spermas stieg ihr zusammen mit den anderen Gerüchen als antörnender Cocktail via Nase in den Kopf. Langsam kam sie nun richtig in Fahrt. Aber zuerst einmal musste sie ihn aus der aktuellen Lage befreien, bevor ihm ganz die Luft wegblieb. So ging sie um ihn herum, löste die Fesseln hinter seinem Rücken, wie auch das stramme Seil.

Alex: Er öffnete sich selbst die Schlinge, zog seinen Kopf heraus. Gleichzeitig meinte er: „Scheiße, das war eine abgefahrene Aktion! Was für ein Orgasmus. Wir sind doch echt pervers ... Haben total einen an der Klatsche! Aber verdammt noch mal, das war echt geil."

Beatrice: „Bloß weil du noch atmest hab ich dir nicht erlaubt zu sprechen!", sagte sie prompt, wie auch gespielt ernst. Das Spiel war noch nicht vorüber! „Steck deine Hände durch die Schlinge!", verlangte sie. Kaum hatte er es getan, zog sie die Schlinge zu und wickelte den Strick noch zweimal um seine Handgelenke. Dann zog sie ihn wieder straff, sodass Alex nun mit gefesselten, hochgezogenen Armen da stand. Aus dem mitgebrachten Rucksack holte sie die für ihr letztes Spiel gekaufte, mehrschwänzige Lederpeitsche. Ein paarmal schwang sie diese in der Luft herum, bevor sie sich schräg hinter Alex stellte.

Alex: Er kannte das "Spielzeug" noch recht gut, hatte er doch letztes Mal ziemlich intensiv damit Bekanntschaft gemacht. Und jetzt war er schon wieder fällig? Noch bevor er diesen Gedankengang zu Ende gebracht hatte, klatschten die Lederriemen das erste Mal auf seinen nackten Rücken. „Ahhh!", rief er. Weh hatte es schon getan, war es doch mehr als nur ein sanftes Streicheln, dennoch nicht schlimmer als beim letzten Mal – soweit er sich daran erinnern konnte. Klatsch – schon traf ihn die Peitsche das zweite Mal. Gleich darauf noch ein drittes Mal.

Beatrice: Sie war bemüht nicht zu fest zu schlagen, damit er es möglichst lang aushielt. Von der Sache her war es ja ohnehin nur für die Fotos gedacht. Daher forderte sie ihn gelegentlich auf, sich zwischen den Hieben etwas zu drehen, um der Kamera verschiedene Perspektiven zu bieten. Zugleich genoss sie aber auch das Spiel. Bereits letztes Mal hatte sie festgestellt, dass sie es liebte die Peitsche zu schwingen, dass sie die Macht genoss, welche in dem Moment von ihr ausging; dass sie es sowieso gern sah und hier selbst Einfluss auf das Schauspiel hatte. Nicht zu vergessen, wie erregend sie es empfand, ihrem sportlich aussehenden einstigen Kindheitsfreund, der nur in Jeans bekleidet da stand, den Rücken auszupeitschen. Er stöhnte, was für sie beinah schon Lustvoll klang. Er räkelte sich herum, wobei sein von der Frühjahrssonne angestrahlter Oberkörper leicht glänzte. Ein Anblick der ihre Muschi feucht werden ließ.

Alex: Bei jedem Schlag warf er seinen Kopf in den Nacken. Trotz dass sie moderat peitschte, fühlten sich seine Schulterblätter inzwischen recht heiß an. Doch im zerbrochenen Glas eines unweit entfernten Fensters konnte er sie beobachten – wie sie hinter ihm beinahe tänzelte, während sie die Peitsche schwang. Es sah heiß aus und durch die umgebundene Schürze sogar recht bizarr – geiler als jeder Fetisch-Porno. So genoss er es, sie zwischen den Hieben zu beobachten. Eine aufregende Domina, sinnierte er.

Beatrice: Nach 30 Schlägen zeichneten sich bei ihm erste, leichte Striemen ab – Zeit für sie aufzuhören. Nicht nur deswegen, auch weil sie selbst noch an seine Stelle wollte. Weniger um ihre eigene masochistische Seite zu befriedigen, eher um auch von dieser Konstellation noch ein paar gute Fotos zu erhalten. So löste sie den Strick und befreite ihn von den Handfesseln. „Lass uns noch mal eben die Rollen tauschen!"

Alex: „Aber gern!", lächelte er, wobei er sich die Handgelenke rieb. Ihre Hände mit der Schlinge gefesselt, zog er nun ihre Arme nach oben, wie sie zuvor seine. „Höher!", rief sie ihm dabei zu. Das kannst du haben, dachte er sich. War er doch sowieso nach der Auspeitschaktion etwas darauf gebürstet sich zu rächen. Kräftig wie er war, zog er unter Einsatz seines ganzen Körpergewichts am Seil. Ehe sich Beatrice versah, baumelten ihre Fußspitzen eine Handbreit über dem Betonboden. „Du wolltest es ja so", flüsterte er ihr zu, während er die Peitsche aufhob. Ein bisschen wirkte sie jetzt wie ein Burgfräulein im langen Kleid, welches man zur Bestrafung im Folterkeller aufgehängt hatte. Ihr freigelegter Rücken wartete bereits. Rasch ging er zu ihr, um ihre Haare über die Schultern nach vorn zu legen, damit diese der Peitsche nicht im Weg waren. Der weiter vor sich hin knipsende Fotoapparat hielt alles fest. Alex umschloss die Peitsche fest mit der rechten Hand, holte aus, schlug zu. Es klatschte herrlich, gefolgt von einem kurzen Aufschrei ihrerseits.

Beatrice: Der Schlag hatte gesessen. Nach den vorangegangenen Sessions wusste er nun anscheinend wie weit er gehen konnte, dass es gerade noch im Limit war und was sie brauchte. Zum zweiten Mal trafen die neun Lederriemen ihre Haut. Diesmal erschrak sie sich nicht sosehr, wodurch der Aufschrei eher einem Stöhnen gleich kam. Der Schmerz an den Handgelenken war fast größer als der, den die Peitsche ihr zufügte. Daher schloss sie ihre Augen, um das womöglich einmalige Spiel so gut es ging zu genießen. Dabei sah sie sich wie in einem Film aus dem Winkel des Betrachters. Sie sah, wie sie von einem jungen, gutaussehenden Typen mit freiem Oberkörper gepeitscht wurde. Ein sehr erregender Anblick.

Alex: Sein vor Erregung erneut hart gewordener Schwanz spannte in der Hose, ließ diese fast bersten. Nie hätte er geglaubt bei einem solchen Spiel derartig geil zu werden. Aber es war einfach ein zu erhabenes Gefühl diese Macht und Kontrolle über die andere Person zu haben, ihr lustvolle Schmerzen – oder war es schmerzvolle Lust – zu bereiten, sie zu dominieren, über ihr Empfinden zu bestimmen, ihr das zu geben, was sie sich in geheimen Fantasien wünschte. Er genoss den Anblick wie die Lederriemen auf ihren zart wirkenden Rücken klatschten. Dabei lauschte er ihren stöhnenden Schreien. Er konnte sich an dem erregenden Anblick, wie sie in dieser langen Kunstlederschürze da hing, nicht satt sehen. So ausgefallen ... So bizarr ... So einzigartig! Ein Bild wie man es in noch keinem Fetisch-Porno gesehen hat.

Nach 25 Schlägen stoppte er und ließ sie wieder herab. Jedoch nicht, um das Ganze für heute zu beenden. Nein! Ihm kam eine bessere Idee. Weitere Revanche für vorangegangenes hatte er im Hinterkopf.

Beatrice: Etwas überrascht über das plötzliche Ende, war sie zugleich auch froh. Es hatte doch mehr wehgetan als sie wollte. Inzwischen fühlte sich ihr Rücken an, als hätte sie sich einen Sonnenbrand eingefangen. Doch was kam jetzt? Hatte er wirklich schon genug, sollte es das für heut gewesen sein?

Alex: Er zog den Strick von dem Rohr über ihnen herab, ohne jedoch ihre Hände zu befreien. Diesen nun als eine Art Leine verwendend, zog er Beatrice hinter sich her. Den Fotoapparat wie auch ihren Rucksack nahm er mit. Beide gingen durch den düsteren Verbindungsgang vom Kesselhaus in das ehemalige Verwaltungsgebäude. Gleich einer der ersten Räume auf der rechten Seite war das einstige Zimmer des Betriebsarztes. Wüst herumgeworfene Papierblätter bedeckten einen Großteil des Fußbodens. Ein alter leerer Schreibtisch stand in einer Ecke des Raumes, ausgeräumte Aktenschränke daneben, sowie eine Pritsche auf der anderen Seite des Raumes. Dazu fanden sich noch eine Turnhallenbank und etliche leere Kartons vor dem Heizkörper am Fenster. Wortlos zeigte er auf die Pritsche.

Beatrice: Irgendwie ahnte sie, was er vorhatte, sodass sie sich in Bauchlage darauf legte. Der Geruch des mit Kunstleder bespannten Polsters stieg ihr in die Nase, während sie zusah, wie er die Kamera erneut postierte. Als Nächstes wandte er sich wieder ihr zu. Ohne zu zögern, ob es vielleicht zu weit ginge, packte er ihren Rock und zog ihn herunter bis zu den Füßen. Der darunter zum Vorschein kommende Tanga folgte. Da lag sie nun also mit entblößtem Po, wissend, dass jetzt vermutlich das Payback für die einstigen Doktorspiele kam, bei denen sie immer die Ärztin und er der Patient war.

Alex: Als sei es erst gestern gewesen, sah er sich noch auf dem dreckigen Polster in dem alten verlassenen

Campinganhänger am Waldesrand liegen, während Beatrice mit einer Freundin ihn mit Tannennadeln drangsalierte – Blut abnehmen oder was auch immer der gespielte Bestandteil dieses Doktorspiels damals gewesen sein mochte. Jetzt hatte sich das Blatt gewendet. Nun war sie an der Reihe! Aus dem Rucksack holte er eine kleine Einkaufstüte und aus dieser wiederum – auch er hatte diesmal etwas vorbereitet – eine dieser reichlich faustgroßen, gelben SIZILIA Zitronensaft Fläschchen. Den Saft hatte er zuvor gegen einen Mix aus Wasser mit etwas Olivenöl getauscht. Eine "Analdusche für Arme" ging ihm durch den Kopf, wobei er sich das Grinsen über diese Idee kaum verkneifen konnte. Er schüttelte die Plastik-Zitrone kurz, um den Inhalt nochmals gut zu mischen. Dann widmete er sich ihrem süßen, knackigen, makellosen, runden Po. Gern hätte er ihr jetzt erst einmal – um das "Doktorspiel" noch etwas auszuweiten – ein Fieberthermometer hineingesteckt, doch leider hatte er keines zur Hand. So spreizte er ein wenig ihre Pobacken, spuckte sich auf den Zeigefinger und verrieb es auf ihrer Rosette. Ein leises Stöhnen kam über ihre Lippen. Anscheinend erregte sie das ganze doch, obgleich sie kein sonderlich großes Interesse an passiven Analspielen hatte. Ihr kleines, zartes Löchlein glänzte nun einladend. Also setzte er die kleine Zitronenflasche an und führte sie langsam ein Stück ein. Durch ihre Form konnte er sie allerdings kaum weiter als drei bis vier Zentimeter hineinschieben, doch zugleich – so dachte er sich – würde diese ihre Rosette etwas dehnen.

Beatrice: Ob sie jetzt eingreifen sollte, um zu sagen, dass es ihr doch etwas weit ging oder ob sie über die Genialität der Idee mit der Zitronenflasche schmunzeln sollte, wusste sie nicht genau. Unterm Strich war jedoch ihre Neugier so wie Lust, das ausgefallene Spielchen fortzusetzen, größer. Also entspannte sie sich. Sie spürte wie etwas ihr Poloch berührte und dann eindrang. Es tat weder weh, noch war es unangenehm. Gefühlsmäßig eher wie ein Fieberthermometer. Durch ihre Erregung hatte es vielmehr etwas Geiles. Gänsehaut machte sich auf ihrem gezeichneten Rücken breit. Ein wenig spürte sie das Gewinde des Schraubverschlusses, doch auch dies war nicht mehr als ein Kitzeln. Schließlich wurde die Flasche dicker, doch der daraus resultierende Druck hatte sogar noch etwas Angenehmes. Obwohl sie mitbekam, dass Alex das Fläschchen bereits zusammendrückte, merkte sie noch gar nichts. Erst als er fester drückte und die Flasche schon fast leer war – sie faste ja gerade einmal um die 200 Milliliter – fühlte sie den Strahl sowie die Flüssigkeit in ihrem Po. Immer noch war es aber eher Angenehm, sodass sie es mit geschlossenen Augen genoss.

Alex: Vor allem der Gedanke wie es sich für sie gerade anfühlen mochte, steigerte seine Geilheit. Erinnerungen an ihre letzte Session, bei der er selbiges erfuhr, wurden jetzt wach. Viel Wasser war nicht in dem Fläschchen gewesen und eine Möglichkeit es nachzufüllen hatte er nicht. Vielleicht war das auch ganz gut, denn ein Klo für sie war ebenfalls nicht in der Nähe. Dennoch wollte er es ungern bei einmal belassen. So zog er das Fläschchen sachte aus ihrem Po, worauf hin sich die zusammengedrückte Plastik-Zitrone sofort in ihre alte Form zurück entfaltete, in dem sie sich mit Luft füllte. Grinsend schob er ihr diese gleich wieder in den Hintern.

Beatrice: Im ersten Moment fragte sie sich, was nun kommt, doch einen Augenblick später spürte sie die Luft, die er ihr in den Po pumpte. Verdammt, was tat er da? Trotz dass es voll schräg war, fühlte es sich auch irgendwie interessant, beinahe schon erregend an. Komisch aber geil! Ehe sie sich mit dem Gefühl richtig auseinandersetzen konnte, wiederholte er das Ganze. Der zunehmende Druck im Arsch hatte was Bizarres, wenn auch gleichzeitig etwas Erregendes. Gleich darauf schob er ihr das Fläschchen ein drittes Mal rein. Mehr Luft wurde ihr in den Darm geblasen. Langsam reichte es ihr. Die Grenze des angenehmen war erreicht.

Alex: Er bekam mit wie sie sich anfing zu rekeln während er ihr den dritten Lufteinlauf verpasste. Es reichte, beschloss er. Das Fläschchen herausgezogen und bei Seite gestellt, griff er zum Fotoapparat, um ein paar weitere gute Bilder zu schießen. Schließlich sah es schon sehr erregend aus, wie sie in dieser Schürze und mit runter gezogenem Rock bäuchlings auf der Pritsche lag. Während er sie von verschiedenen Seiten ablichtete, sinnierte er darüber, was er als Nächstes tun würde. Nachdem sie ihn beim zweiten Mal gefingert und beim letzten Mal mit einem Strap-on gefickt hatte, war es jetzt an der Zeit ihrem Arsch das gleiche Gefühl zu verschaffen. Doch auf der Pritsche, dachte er, geht das sicher etwas schlecht. Er könnte sie absteigen, an den Schreibtisch stellen, auf die Tischplatte beugen lassen und sie im Stehen von hinten nehmen – sinnierte er. Aber was, wenn sie sich dabei wehrte oder nicht ganz so mitspielte, geschweige denn nach kurzer Zeit nicht mehr wollte? Oder er würde ihr befehlen, sich auf den Rücken zu legen, dann ihre Hände an die Pritsche fesseln, und zwar so, dass er sie im Stehen nehmen kann – schon mit in die Luft gestreckten Beinen. Dabei könnte er ihr Gesicht beobachten. Seine Hose stand bei diesen Gedanken kurz vorm platzen. Doch irgendwie war ihm mehr danach sie von hinten nehmen zu wollen. Schließlich würde der Blick auf ihren Arsch besonders erregend sein. Mitten in diesen Gedanken hörte er, wie sie pupste.

Beatrice: Ihr war es sofort peinlich, obwohl man meinen müsste, dass bei diesen ausgefallenen Spielchen nichts mehr peinlich sein würde. Doch die viele Luft in ihrem Darm drückte – wollte wieder raus. Diese zu halten war nicht wirklich einfach.

Alex: Augenblicklich legte er die Kamera bei Seite. „Was fällt dir ein hier herum zu furzen? Willst du mich beleidigen? Das verlangt nach Bestrafung!" Kurz dachte er nach was er tun könnte, dann kam ihm die zündende Idee. Die Turnhallenbank etwas näher herangerückt, gab er ihr zu verstehen, sich daraufzulegen.

Beatrice: Sie gehorchte, krabbelte von der Pritsche, zog ihren Rock ganz aus und legte sich – wieder in Bauchlage – auf die Bank. Damit war sie jetzt nur noch mit der Schürze bekleidet, auf der sie lag.

Alex: Jetzt fesselte er sie mit dem Seil an die Bank. Erst beidseitig ihre Hände, dann band er ihre Füße zusammen und wickelte das Seil zusätzliche zweimal um die Bank. Am Ende legte er ihr seinen Gürtel um die Hüfte und schnallte sie damit an die Bank. Eine solide Dreipunkt-Fesselung fand er. Nun sah er sich um, wobei er neben dem Schreibtisch auf dem Fußboden einen dünnen Stab aus flexibler Plaste liegen sah. Wovon dieser stammte, konnte sich Alex nicht vorstellen, aber mit gut einem halben Meter war er ideal für das Vorhaben. Den Stab aufgehoben, fuchtelte er damit ein paar Mal in der Luft herum. Es surrte, wenn er ihn schnell durch die Luft sausen ließ. „Perfekt", kommentierte Alex.

Beatrice: Sofort war ihr klar, was jetzt kam. Die Fesseln waren zu fest, um sich zu befreien, daher beschloss sie, sich zu entspannen und zu hoffen, dass er es nicht übertreiben würde.

Alex: Kurz legte er die Spitze des Stabs auf ihren Po auf, um Maß zu nehmen, dann holte er aus und schlug zu – nicht sehr fest, aber kräftig genug dafür, dass ihr Hintern unbedeckt und somit völlig schutzlos war. Bei ihren ersten Canning-Spielen im Wald hatte sie ja wenigstens noch einen Rock angehabt.

Beatrice: Sie zuckte zusammen, denn es ziepte recht ordentlich. Trotz dass sie sich auf die Unterlippe biss, kam bald bei jedem Hieb ein „Ahhh!" von ihr. Die Peitsche war da doch etwas angenehmer gewesen, stellte sie fest.

Alex: Nach einer kurzen Pause, um den Fotoapparat aufzustellen und auszulösen, machte er weiter. Es sah scharf aus, wie ihre knackig runden Pobacken bei jedem Schlag erzitterten. Sie rekelte sich, zog an ihren Fesseln, stöhnte bei jedem Schlag. Dabei spürte er die gleiche Erregung, Macht, Begeisterung wie sie zuvor. Es war schon etwas Aufregendes jemanden zu spanken ... jemanden spanken zu dürfen!

Beatrice: Es war zwar schön sich jemandem so hinzugeben, doch langsam hatte sie genug. Ihr Po zwiebelte, sodass sie immer wieder ihre Muskeln anspannte, obgleich sie wusste, dass dies alles noch verschlimmerte. Obendrein merkte sie, dass weitere Luft aus ihrem Hintern entweichen wollte. Sie hatte Mühe es sich zu verkneifen, doch durch das Anspannen nach jedem Schlag passierte es schließlich, dass sie erneut pupste.

Alex: „Das kann ja wohl nicht wahr sein! Da bestrafe ich dich schon, weil du hier rum furzt und du machst weiter. Soll ich dich noch heftiger Spanken? Oder willst du abermals die Peitsche spüren?" Nachdem sie verneint hatte, meinte er: „Na, wenn das so ist, dann muss ich eben zu anderen Mitteln greifen!" Er legte den Stab auf den Schreibtisch. Mit einem breiten Grinsen öffnete er seine Hose. Sein stahlharter Schwanz sprang förmlich heraus. Vom ersten Höhepunkt erholt, lechzte er schon nach dem Nächsten. Alex zog seine Jeans komplett aus. Kurz wühlte er im Rucksack, fand schließlich, wonach er suchte.

Beatrice: Im ersten Moment hatte sie noch gedacht, er wolle sich wie neulich einen runterholen und ihr auf den Rücken oder Po spritzen – bei dem Anblick wäre das nur logisch gewesen. Als er aber ein Kondom aufriss und es sich überstreifte, war ihr schlagartig klar, dass ihr etwas anderes blühte.

Alex: „... Dann werde ich dir dein Loch eben stopfen müssen, damit es Ruhe gibt!" Er kletterte über die Bank als wolle er auf ihren Oberschenkeln reiten. Anschließend drückte er seinen Schwanz zwischen ihre Apfelpo-Backen. Ihn etwas hin und her schiebend, suchte seine Eichel nach ihrem Hintertürchen. Es gefunden, drückte er seinen Ständer dagegen.

Beatrice: Obgleich sie eine insgeheime Vorliebe für ausgefallenes, versautes hatte, war Analsex für sie nichts Geläufiges. Im Gegenteil, sie hatte es erst einmal probiert – nach einer Party halb besoffen mit ihrem Ex-Freund. Viel wusste sie davon nicht mehr, nur dass es nicht gerade ihr Favorit gewesen war. Aber gut, nachdem sie ihn das letzte Mal mit dem Strap-on in den Arsch gefickt hatte, war es nur recht und billig, wenn er sich jetzt revanchiert. Da musste sie jetzt durch, gestand sie sich ein. Also entspannte sie sich. Sofort spürte sie, wie seine Eichel ein Stück weit in sie eindrang. Doch so richtig wollte es trotz extra feuchtem Kondom noch nicht gelingen.

Alex: Das kleine Loch war anscheinend Schwänze nicht gewöhnt. Es wollte ihm noch nicht den Zutritt gewähren, so ließ er einen dicken Tropfen Spucke darauf fallen. Diesen mit seiner Schwanzspitze verteilt, probierte er es erneut. Beim zweiten Mal zeigte sich ihre Rosette durchaus kooperativer. Ein bisschen dauerte es zwar, doch dann durchbrach seine Lanze den Widerstand und verschwand langsam in ihrem Poloch. Kaum war sie drin, wartete Alex erst einmal einen Moment, da es aussah, als sei es ihr unangenehm.

Beatrice: Ihr Loch ziepte, war es doch eben von seinem Schwanz ein ganzes Stück auf gedehnt worden. Umso besser war es, dass er nun wartete. Er schien zu wissen, wie man es richtig machte. Der leichte Schmerz klang rasch ab. Was blieb war das Gefühl etwas Großes im Po zu haben, was da nicht reingehörte. Doch ihre Gedanken kreisten darum, wie versaut das alles war, was sie hier taten. Sie selbst fand die Tatsache, dass er sie jetzt in den Arsch fickte, die Krönung des ganzen ausgefallenen, verbotenen Spiels. Diese Gedanken ließen das Gefühl, eilig für ein großes Geschäft aufs Klo zu müssen, gleich in einem ganz anderen Licht erscheinen. So war das Gefühl an sich, einen Penis im Po stecken zu haben, gar nicht mal schlecht, eher sogar total aufregend.

Alex: Hilfe war das Loch eng, dachte er sich. Sicher lag es auch an der Stellung, aber trotzdem ... Er konnte sich nicht mit stöhnen zurückhalten, so geil fühlte es sich an. Wie der Ringmuskel seinen Schwanz fest umschloss, war einfach irre. Dazu dieser Anblick, wie sein Steifer zwischen den leicht gezeichneten, mädchenhaft runden, von der Kunstleder-Schürze eingerahmten Pobacken verschwand – er würde dieses Bild nie mehr aus dem Kopf haben wollen. Schon allein der Gedanke gerade im Po des Mädchens zu stecken, mit welchem er vor 20 Jahren auf dem Spielplatz herumgetobt hat, war aufregender als alles andere. Dazu noch die Gänsehaut, die sich auf ihren Schultern breit machte und verriet, dass es für sie ebenfalls etwas Besonderes war. Langsam bewegte er sich, genoss dabei das intensive Gefühl in dem wahnsinnig engen warmen Tunnel.

Beatrice: Es machte sie unheimlich an, zu hören, wie er stöhnte, wie er keuchte, schwärmte und dabei abging. Auch ihre Lust steigerte das sofort um einiges. Zwar blieb der leicht unangenehme Druck in ihrem Darm – das Bedürfnis aufs Klo zu wollen, um es loszuwerden – doch ihre steigende Erregung und ihre zunehmend versauten Gedanken übertünchten dies. Stattdessen wackelte sie leicht mit ihrem Becken, wodurch ihr Schambein auf der Bank rieb. Ein herrliches Gefühl machte sich in ihr breit, welches in Verbindung mit dem Posex tatsächlich etwas ausgesprochen Gutes hatte.

Alex: Fast war es schon zu geil seine alte Sandkastenfreundin hier so an die Bank gefesselt in den Arsch zu ficken. Er spürte bereits das aufkommende Kribbeln in seinen Eiern. Lang würde er es nicht mehr genießen können. Langsam und mit genussvollen, langen Bewegungen ließ er seine pralle Stange in ihren Po rein und herausgleiten. Zugleich beobachtete er das Ganze. Es gab doch wahrlich nichts Besseres auf der Welt, als einen knackigen Frauen-Po in Kombination mit einem Arschfick. Während ihm dies durch den Kopf ging, begann sein Schwanz zu zucken. Obgleich er das Tempo weiter reduzierte, wenn er seinen Ständer nicht ganz herauszog, gab es kein Entkommen mehr. Ein heftiger Orgasmus türmte sich auf wie eine gewaltige, auf den Strand zurollende Welle, die ihn schließlich einholte. Völlig mitgerissen stöhnte und zuckte er.

Beatrice: Sie spürte ganz deutlich das Zucken seines Schwanzes tief in ihrem Arsch. Inzwischen saß er nicht mehr auf ihren Oberschenkeln, sondern lag flach auf ihr, klammerte sich dabei an ihren Schultern fest. Auch wenn sie in dem Moment nicht in den Genuss eines Höhepunktes kam, so hatte es doch etwas besonders Geiles mitzuerleben, wie es ihm derart kam. Ein bisschen war dies auch eine Art kleiner Höhepunkt für sie. Schließlich kam er zur Ruhe. Nach einigen Momenten, in denen er sich sammelte, zog er langsam seinen Schwanz aus ihr. Es war ein herrlich entspannendes, erlösendes Gefühl, das Ding wieder loszuwerden. Doch ihre gedehnte, entspannte Rosette schloss sich nicht gleich wieder. All die Luft und das vorab eingeflößte Wasser entwichen nun geräuschvoll. Wie peinlich, dachte sie.

Alex: Als er, immer noch fasziniert vom angeklungenen Hammerorgasmus, sein Ding aus ihr zog, kam gleich darauf ein Pups hinterher. Mehrere kleiner folgten. Das zuvor eingespritzte Wasser rann aus ihrer Rosette, worüber er schmunzeln musste. Zugern hätte er gesehen, wie ein Schwall seines Spermas dabei gewesen wäre. „Halb so wild!", beruhigte er sie, während er sie losband. „Abartig geil war's trotzdem!" Er holte eine Rolle Küchenpapier aus dem Rucksack, damit sie sich säubern konnte. Dann räumten sie gemeinsam etwas auf, packten ihre Utensilien zusammen. Weniger als eine Stunde, nachdem sie gekommen waren, verließen sie das alte Kraftwerk wieder.

Zurück im Auto setzte sich Alex hinters Steuer. Indes machte sich Beatrice auf dem Beifahrersitz daran, die über 500 Bilder auf ihrer Kamera durchzuschauen. Diese waren teilweise phänomenal. Augenblicklich wurde sie erneut geil – geiler als zuvor. Die Galgen- und Auspeitschszenen kamen erregender als sie gedacht hätte. Zudem fand sie sich selber in der langen Schürze dabei erst recht versaut und scharf. Entdeckte sie da gerade einen neuen Fetisch? Ganz besonders die letzte Szene sah nun als Betrachter des Ganzen ausgesprochen erregend aus. Die Bilder, die er geschossen hatte, die Nahaufnahmen und interessanten Perspektiven – wie sie sich selbst von hinten gefesselt auf der Bank liegen sah – ihren sexy Po ... das war eine neue Erfahrung. Es erregte sie gewaltig, gab ihr zu verstehen, warum Männer den Anblick so mochten, warum sie es am liebsten von hinten taten. Erregt wie sie jetzt war, rutschte sie im Sitz tiefer, legte ihre Beine gespreizt aufs Armaturenbrett und fing an die Finger um ihren Kitzler kreisen zu lassen. In der anderen Hand hielt sie die Kamera, starrte auf das Display, schaltete zwischen ein paar Bildern, welche er beim Arschficken gemacht hatte, herum. „Lass dich nicht stören", meinte sie nebenbei zu Alex, der nun Mühe hatte sich aufs Fahren zu konzentrieren. Ihr war es egal, schließlich war er voll auf seine Kosten gekommen, sie aber noch nicht. Lang brauchte auch sie nicht nach all der angestauten Geilheit. Bei einem Bild, auf welchen man seinen Schwanz richtig schön in ihrem Po stecken sah, stoppte sie. Momente später begann sie zu zucken ... Der Orgasmus war verdammt nötig gewesen. Auch bei ihr entlud sich all die gesammelte Erregung darin.

Wunderbar entspannt wie auch befriedigt legte sie wenig später den Fotoapparat bei Seite. Das war wirklich mal wieder eine äußerst verrückte Aktion gewesen. Wenn sie jetzt so "nüchtern" darüber nach dachte, war es mehr als verrückt, ausgefallen, fast schon pervers gewesen – auch wenn es etwas hatte. Zu steigern war das kaum noch und ob sie es wieder holen müssten, wusste sie auch nicht recht. Dennoch ... Sie bereute nichts!

ENDE

Na?

Hast du schon Genug?

Nein?

Du willst noch mehr?

Okay, dann blättere eine Seite weiter. Wir haben
noch eine kleine Zugabe für dich.

Viel Spaß!

<u>Bonusgeschichte – von Bianca Cuir:</u>
Böses Mädchen

Christiane war ein Mädchen von durchschnittlichem Aussehen und unauffälliger Art. Gerade erst 18 Jahre alt, befand sie sich in einer Phase der Selbstfindung, weit entfernt von den festen Beziehungen, die viele ihrer Freundinnen eingegangen waren. Dennoch teilte sie eine besondere Verbindung mit einem engen Freund - dem charmanten Nachbarsjungen namens Adrian. Mit 19 Jahren und einer modischen Kurzhaarfrisur war er ein wenig größer und sportlicher als sie.

Sie kannten sich seit einer gefühlten Ewigkeit und hatten bereits zahlreiche Abenteuer gemeinsam erlebt. Ihre Beziehung war geprägt von einer tiefen Freundschaft, die sich auch in intimen Momenten zeigte - trotz der Tatsache, dass sie kein offizielles Paar waren. Adrian war der einzige Mann, mit dem Christiane sich auf diese Weise eingelassen hatte, denn sie war noch nicht bereit, sich zu binden. Für sie war es unverständlich, warum so viele ihrer Freundinnen sich frühzeitig in feste Beziehungen stürzten. Sie genoss lieber die Freiheit, mit Adrian Spaß zu haben, ohne sich an Verpflichtungen zu ketten. Die beiden waren sich sehr ähnlich, besonders in einer Sache: sie experimentierten gern. "Jugend Forscht" bezeichneten sie es selbst gelegentlich voller Selbstironie. Immer wenn einer von beiden Sturmfrei hatte, kam der andere herüber. Dann tauchten sie ab in ihre eigene Welt. Vor kurzem hatte Christiane dabei einige neue Erfahrungen gemacht, die ihr sehr gefallen hatten. Sie glaubte, ihre neue Leidenschaft entdeckt zu haben, welche sie nun weiter erforschen und ausbauen wollte...

An diesem Abend wahren ihre Eltern auf einer Geburtstagsfeier bei Freunden in einer anderen Stadt und würden erst spät in der Nacht wieder kommen. Die Zeit wollte sie mit Adrian natürlich nutzen. Erst waren sie gemeinsam Pizza essen und hatten in einer ruhigen ecke der Pizzeria sitzend, sich bereits ausgedacht, was sie machen wollten. Christiane fand großen Gefallen daran das "böse Mädchen" zu spielen und sich dann seine Bestrafungen gefallen zu lassen. Ihn wiederum begeisterte es, mit ihr Dinge zu tun, die man sonst mit keinem Mädchen in dem Alter so einfach machen konnte. Beide zusammen reizte auch der sexuelle Aspekt des Ganzen.

Bis sie zur Tür des Hauses ihrer Eltern hinein kamen, verhielten sie sich wie die braven Teenager, als die sie alle Nachbarn kannten. Doch kaum war die Tür hinter ihnen zu, änderte sich das schnell. Als er seine Schuhe auszog, kniff sie ihm heftig in den Po. "Heehh...!" rief er, doch das sollte sie nicht davon abhalten, ihm nun einen Klaps zu geben. Kaum hatte Adrian seine Schuhe ausgezogen, sprang er auf, hielt seine Freundin fest und schlug sie mit der flachen Hand auf den Po. „Dir muss wohl mal wieder jemand ordentlich den Hintern versohlen?!" sagte er grinsend. Christiane lächelte ihn an: „Rrrrrrrrrrr!" „...Ach so, das gefällt dir wohl auch noch? Na wenn das so ist, dann komm mal mit du kleine böse Göre. Diese Flausen werde ich dir schon austreiben!" Mit großen Augen lächelte sie ihn an und nickte. Augenblicklich packte er sie am Arm und zog sie die Treppe hinauf in ihr Zimmer. „Nein, nein, lass mich los!" fing sie an zu betteln. Doch Adrian wusste natürlich, dass jegliche Gegenwehr nur gespielt war. Unbeirrt zog er sie bis an das Fußende ihres Bettes.

„Los stell dich an das Bett und beuge dich vor!", befahl er. Christiane gehorchte und lehnte sich über die erhöhte Bettkante, welche dafür genau die richtige Höhe hatte. Innig freute sie sich dabei, denn sie ahnte ja was jetzt kommt. Doch von der Vorfreude ließ sie sich nichts anmerken, ganz im Gegenteil. „Bitte nicht! Ich will auch wieder brav sein!" bettelte sie. „Sei ruhig, du kleine Schnepfe!", befahl Adrian, wobei er sich im Raum umsah. In einer Zimmerecke stand eine Zimmerpflanze, welche an einem langen, dünnen Bambusstab fixiert war. Diesen zog her heraus. Das Ding war nicht mal einen Zentimeter dick, über einen halben Meter lang, einerseits flexibel, andererseits auch hart genug für das, was er vorhatte. Er wedelte ein paar Mal mit dieser Stange durch die Luft. Ein schönes surrendes bis pfeifendes Geräusch entstand.

Christiane lauschte dem Geräusch und schmunzelte ein wenig. Sie fühlte das Kribbeln im Bauch, die leichte Aufregung, die Neugier. Er stellte sich hinter sie. „Nun bekommst du was du verdienst!" Sie bis die Zähne zusammen, hörte das surren und dann spürte sie, wie der Schlag ihren Po traf. Adrian hatte keines Wegs zimperlich zugeschlagen, dennoch hatte sie befürchtet, es könnte mehr weh tun. Aber ihre Jeans hatte den Schlag etwas gemildert. Es war das erste Mal, das die zwei so etwas machten. So musste Christiane das Gefühl erst einmal auf sich wirken lassen. Adrian dachte allerdings, dass es noch zu mild war, da sie nichts sagte. Also holte er weiter aus und schlug noch ein bisschen fester zu. "Auuu!" Diesmal reagierte sie nun. Immer noch nicht doll genug, dachte er und hieb noch fester auf den Mädchen-Po. "Ahhhh!", schrie sie auf. Jetzt ziepte es ganz schön, aber ihr gefiel es. Wieder surrte der dünne Stab durch die Luft und traf sie. "Auuuaa!" Es tat weh, aber war ertragbar. Zudem machte es ihr Spaß, es erregte sie sogar ein wenig. Das nächste Surren folgte, dann abermals das ziepen auf ihrem Po. "Ahhh! Bitte aufhören, bitte!" ... Und noch ein Schlag ... "Aua, aua! Bitte! Ich will auch wieder lieb sein!" Ein weiterer Schlag. "Ahh, ahh, mein Po...!" Allmählich begann sie zu wimmern, was jedoch nur gespielt war, um ihn damit zu erregen.

Tatsächlich erregte es Adrian, wie sie bei jedem Schlag zusammen zuckte, ihm ihr Befinden zurief, bettelte das er aufhören sollte und nun sogar anfing zu wimmern. Einfach der Gedanke das Ganze hier gerade zu tun war schon aufregend, ja sogar deutlich erregend. Doch so wie dieses süße und dennoch böse Mädchen vor ihm über die Bettkante gebeugt dastand – es reizte ihn weiterzumachen. Dieser knackige runde Po in der engen Jeans bettelte förmlich danach, dass er wieder und wieder mit dem dünnen Bambusstab darauf schlagen möge. Einen Hieb nach dem anderen versetzte er ihr, genoss dabei das Machtgefühl. Gespielt begann Christiane zu weinen und flehte ihn an aufzuhören, doch solange sie nicht seinen Namen sagte, wusste er, er kann weiter machen. Erneut holte er aus und schlug abermals auf den Po seiner Freundin. „Auahhhh! Das tut mir weh ..." Er grinste: „Du böses Mädchen, du hast diese Strafe verdient, ich werde dir schon Benehmen beibringen! Da kannst du winseln wie du willst!" Und noch einmal ein heftiger Hieb auf diesen Arsch. „Ahhhh...." Mittlerer Weile zog sie nach jedem Schlag ihren Po weg und er musste immer kurz warten, bis sie ihn wieder herausstreckte, um den nächsten Hieb zu empfangen. Dennoch begeisterte Christiane die blanke Vorstellung, das gerade zu tun – von ihm gespankt zu werden, ihren Po dafür hinzuhalten, ihm ausgeliefert zu sein – so sehr, das ihr der Schmerz bis dahin nichts ausmachte.

Vierundzwanzig hatte Adrian bis jetzt gezählt. „Du böses, böses Mädchen!!" Fürs Erste sollte das reichen, fand er, holte noch einmal aus und schlug ihr ein letztes Mal richtig fest auf den Po. „Aua, aua, aua!", wimmerte sie.

Er legte den Stab bei Seite und ging neben das Bett. Vorgebeugt, um mit dem Gesicht auf Augenhöhe mit ihr zu sein, fragte er: „Bist du jetzt wieder lieb?" Kleinlaut jammerte sie: „Ja, bin ich!" Sie hätte auch noch einige Hiebe mehr vertragen, doch ihr war es nicht unrecht, das er erst einmal aufgehört hat. Nun war sie gespannt, was er jetzt mit ihr machen wollte. „Los komm herum und leg dich auf das Bett!" wies er sie an. Christiane tat, was er sagte und legte sich auf den Bauch. Kaum lag sie, zog Adrian ihr die Jeans herunter, aber gerade nur so weit, dass er ihren Po freilegte. Ihr Slip folgte. Jetzt lag sie da, vor ihm, mit nacktem Po. Kurz betrachtete er diesen. Er war ein wenig gerötet, aber durch die Jeans hatte sie keine Striemen, was ganz gut war. „Blieb so liegen!", sagte er streng zu ihr und ging aus dem Zimmer. Was er nun wohl vorhat, fragte sie sich. Ihr Po tat noch weh, aber ihr hatte es gefallen und mehr Spaß gemacht, als sie erwartet hatte. Wie er sie dominierte, mit ihr sprach, sie beherrschte – es gefiel ihr! Jetzt so auf dem Bett zu liegen, mit nacktem Po und zu warten was passieren wird, erregte sie noch mehr.

Nach ein paar Minuten kam Adrian wieder. Neugierig schaute Christiane, was er mitgebracht hat und entdeckte eine Dose Creme und ein Fieberthermometer. Sofort setzte bei ihr wieder dieses aufregende Kribbeln im Bauch ein. Ohne ein Wort zu sagen, stellte er sich neben das Bett, schraubte die Cremedose auf, tauchte das Thermometer kurz hinein, schloss die Dose wieder, stellte diese bei Seite und beugte sich über Christiane.

Diese wartete inzwischen neugierig und voller Vorfreude auf das kommende. Mit zwei Fingern drückte Adrian die Pobacken des Mädchens auseinander, betrachtete kurz ihre Rosette und schob ihr schließlich sachte das Fieberthermometer in ihr vermeintlich jungfräuliches Poloch. Spielend leicht glitt das Thermometer in den Po. Erst nur so weit wie die dünne Spitze des Thermometers lang war.

Oh, das war gut, stellte Christiane fest. Es war ein aufregendes Gefühl, so wie eine interessante Erfahrung, die ihr sofort Spaß machte. Sie lächelte vor sich hin. Ihm war das Lächeln nicht entgangen, so schob er ihr das Thermometer noch etwas tiefer hinein, damit auch das fast einen Zentimeter dicke eigentliche Thermometer. Sie fand es großartig – dieses Spiel gefiel ihr wirklich gut! Etwas Aufregenderes hatte sie mit ihm noch nicht erlebt. Auch wenn sie sich erinnerte, es als kleines Kind nie gemocht zu haben, Fieber im Hintern gemessen zu bekommen. Jetzt aber fühlte es sich anders an – es hatte etwas Erregendes. Als das Thermometer zur Hälfte in ihrem Po steckte, lies Adrian ab von ihr. „Du bleibst jetzt so liegen und lass das Thermometer brav in deinem Arsch!"

Nachdenklich setzte sich Adrian auf ihren Schreibtisch und betrachtete Christiane – es sah wirklich geil aus, wie sie so da lag, mit nacktem Po aus dem das Thermometer ragte. Er hatte bemerkt, das ihr Spiele, bei dem es um ihren Po ging, besonders gefielen. Daher überlegte er, was er noch mit ihr anstellen könnte. Das brachte ihn schließlich auf eine Idee. Erneut verließ er das Zimmer. Doch als er zwei Minuten später zurück ins Zimmer kam, sah er, wie sie gerade das Thermometer aus dem Po drückte und dies zwischen ihre Beine purzelte.

„Das kann ja wohl nicht wahr sein!", rief er, zu ihr eilend. „Ich hatte doch gesagt, du sollst es im Arsch behalten!" Christiane grinste nur verschmitzt. „Du brauchst wohl noch eine Tracht Prügel, oder wie sehe ich das?", fragte Adrian drohend. Rasch angelte er das Thermometer zwischen ihren Schenkeln hervor, legte es bei Seite. Dann zog ihre Jeans bis in die Kniekehlen herunter, nahm die beiden Kopfkissen und schob sie unter ihr Becken, sodass ihr Po nun richtig weit in die Luft ragte. Gern hätte er jetzt eine von diesen mehrsträhnigen Lederpeitschen aus dem Orion-Katalog gehabt, fantasierte Adrian. Er blickte sich um ... was könnte er stattdessen nehmen, um sie zu bestrafen? Ein Lineal? ... Nein, zu mickrig. Vielleicht beim nächsten Mal um warmzuwerden. Seinen Gürtel? ... Na ja in seinen Gedanken wäre es die richtige Wahl aber reell etwas zu heftig. Sein Blick fiel auf einen dünnen, leichten Ziergürtel, der auf einem Klamottenstapel in der Ecke ihres Zimmers lag. Diesen griff er sich, testete ihn mit ein paar Luftschlägen – ja das passte!

Sich fragend, wie schmerzhaft oder wie erregend es wohl werden würde, wartete Christiane. Ihr Plan war aufgegangen. Nicht umsonst hatte sie das Thermometer herausgedrückt. Es hatte sich zwar gut angefühlt, doch nur mit dem Ding im Po dazuliegen, war langweilig gewesen. So über den Kissen zu liegend, den nackten Hintern hochgebockt, bereit bestraft zu werden, hatte schon eher etwas. Kaum stand Adrian neben dem Bett, ging es auch schon los. Klatsch – der erste Schlag traf sie. Diesmal fühlte es sich anders an – direkter, etwas heftiger, aber weniger Schmerzhaft. Der zweite Hieb traf sie, ließ ihre Pobacken erzittern. Sie stöhnte leise auf. Hieb Nummer drei, vier, fünf – sie wurden heftiger. Einerseits ballte sie ihre Hände zu Fäusten, andererseits streckte sie ihm nun sogar den Po heraus, wie eine lüsterne Dirne die von hinten gefickt werden will. In Adrian' Hose zeichnete sich eine dicke Beule ab – ihn machte es ausgesprochen geil, das böse Mädchen mit Schlägen auf den nackten Po zu bestrafen. Vor seinem geistigen Auge stellte er sich vor, sie einmal richtig zu peitschen. Aber nein, dafür waren sie noch zu jung, zu unerfahren. Vielleicht irgendwann einmal, wenn sich alles weiter so entwickelt. Jetzt gab es erst einmal genügend anderes zu entdecken.

Nach 15 Hieben legte er den leichten Gürtel bei Seite. „Bleib so!", befahl er seiner Freundin und holte den Gegenstand, den er besorgt hatte, als er den Raum verlassen hatte. Es war ein Glasfläschchen mit Massageöl. Langsam senkte Christiane ihren Po wieder auf die Kopfkissen. Bequem liegend, fragte sie sich erneut, was jetzt wohl kommen würde. Gleich darauf fühlte sie Öl auf ihren Hintern tropfen. Er verrieb es und massierte ihren Po damit. Oh das war schön nach all den Schlägen. Es tat ihrem geschundenen Sitzfleisch gut, beruhigte ihre zarte Haut. Im nächsten Moment merkte sie, wie ein erneuter Schwall Öl auf sie gegossen wurde – diesmal jedoch genau in ihre Po-Ritze. Wenig später dann sogar direkt auf ihr Poloch. Ja, das hatte etwas sehr Erregendes, fand sie. Zugleich aufgeregt und sich fragend, wozu er dies tat. Kurz darauf spürte sie einen seiner Finger über ihre Rosette streichen. Erst nur darüber, als wollte Adrian damit ihre Reaktion testen, dann um die Rosette herum. Da sie keine Anstalten machte – es gefiel ihr offensichtlich – begann er vorsichtig den Finger in sie zu schieben. Ganz langsam drang er mit der Fingerspitze in den Po des Mädchens ein. Es fühlte sich eng und sehr warm an. Neugierig hielt Christiane still. Behutsam schob er seinen Finger Millimeter für Millimeter tiefer.

Bald war das erste Gelenk seines Fingers erreicht, dann auch schon das zweite und wenig später hatte er den ganzen Finger in ihr.

Für Christiane war dieses Gefühl schon etwas anders als das des Thermometers, was zwar kälter, aber kaum zu spüren gewesen war. Der Finger war schon intensiver, dicker, wärmer, lebendiger und persönlicher. Es fühlte sich etwas merkwürdig an, war jedoch okay. Nicht unangenehm oder so, sodass sie ihn gleich wieder loswerden wollte. Andererseits hätte sie davon aber auch nicht gleich ausflippen können. Es war in dem Moment eher die Vorstellung in ihrem Kopf, etwas Versautes zu tun, dies mit sich machen zu lassen, etwas zu tun, was wohl die meisten ihrer Freundinnen vermutlich noch nicht ausprobiert hatten. Ja, sie war versauter als die Anderen, wilder, ungezogener – das böse Mädchen eben, das es nun mal verdiente, wenn man sie bestrafte. Das böse Mädchen, was freiwillig den Po hinhielt, um sich bestrafen zu lassen – wie auch immer das aussah.

Genauso langsam wie er seinen Finger hineingeschoben hatte, zog Adrian ihn auch wieder heraus. Er goss noch einmal etwas Öl auf das zarte Hintertürchen, bevor er das Spiel wiederholte. Ein weiteres Mal tat er dies, dann fing er damit an, seinen Finger in ihrem Po hin und her zu bewegen. Parallel begann er mit der anderen Hand ihre runden, süßen, leicht geröteten Pobacken zu streicheln.

All dies gefiel Christiane. Es hatte wirklich was, so verwöhnt zu werden. Mit der Zeit fand sie es auch besonders interessant, wenn er seinen Finger herauszog und wieder eindrang, anstatt ihn einfach immer nur monoton hin und her zu bewegen. Zugleich kam ihr in den Sinn, ihr Becken etwas hin und her zu bewegen, wodurch ihre Muschi an den Kissen rieb, auf denen sie lag. Dieses Gefühl war fast so gut, wie es sich selbst zu machen. Nicht so intensiv, doch gerade das war das reizvolle. Das ganz leichte ... In Verbindung mit der Analmassage ihres Freundes. Mit geschlossenen Augen gab sie sich dem ganzen voll hin. Sie tauchte ganz ein, in dieses neue, aufregende Spiel. Je weiter sie sich fallen ließ, desto intensiver wurde es. Je mehr sie sich hineinsteigerte, desto besser wurde es. So erreichte sie nach nicht allzu langer Zeit den Zenit ihrer Erregung. Am ganzen Körper begann sie zu zucken und das wohlige Gefühl des Orgasmus ereilte sie. Diese wohlige Decke dieser herrlichen Entspannung danach überkam sie.

Vor sich hin lächelnd bemerkte Adrian ihren Höhepunkt. Während dieser abklang, zog er allmählich den Finger heraus, streichelte sie jedoch noch etwas weiter. Zugleich schloss er sie auffangend in die Arme. Liebkoste sie, spendete ihr Wärme und Nähe. Auf Christianes Gesicht hatte sich unterdessen auch ein Lächeln ausgebreitet. Bald schon wurde daraus wieder das übliche verschmitzte grinsen. Sie hatte noch nicht genug, wollte mehr unartige Dinge tun. Adrian dachte nach ...

DANKSAGUNG

An dieser Stelle gilt unser Dank in erster Linie all Denen, die uns – in welcher Weise auch immer – bei unserem „Lord for Passion" Projekt bzw. Bücherprojekt unterstützen.

Weiterhin gilt unser Dank all Denen, die an der Verwirklichung des Buches beteiligt waren und uns dabei unterstützt haben, die ersten unserer unzähligen gemeinsamen Erotikgeschichten in einem Buch zu verlegen. Es werden weitere Bücher von uns einzeln, sowie gemeinsam folgen.

Ein großer Dank geht zudem an die Menschen, die unser Buch promoten, öffentlich lesen oder dieses weiterempfehlen.

DIE AUTOREN

Bianca Cuir

Jahrgang 1985
Zur Veröffentlichung des Buches: Dispatcherin aus Leipzig, verheiratet, Mutter. Hobbyautorin für erotische Literatur seit 2004.

André Lederer

1980er Jahrgang
Zum Zeitpunkt der Veröffentlichung dieses Buches Flight Instructor für den Airbus A320 bei FSD, sowie Product & Sales Manager bei einem deutschen Reiseunternehmen. Hobbyautor seit 1997.
JoyClub: Lord4Passion

WEITERE BÜCHER

Leidenschaftliche Höhenflüge
Erotische Geschichten für ein ganzes Jahr
Erschienen bei BoD
Taschenbuch: ISBN: 3758320372 /
ISBN 13: 9783758320378
E-Book: ISBN 13: 9783758391453

Zudem findet ihr regelmäßig neue erotische Kurzgeschichten von uns und Gastautoren auf unserer Webseite: https://lord4passion.de/kurzgeschichten/